작은 별 통신

THE LITTLE STAR DWELLER

나라 요시토모 글·그림 | 김난주 옮김

SIGONGART

1959년 12월 5일 이른 아침, 나는 이 작은 별을 찾아왔다.

CONTENTS

PROLOGUE

……음, 나는 그럭저럭 살아 있고 돌아보니 44년 동안을 이 작은 별에서 생활하고 있다. 앞으로도 우주로 떠나는 일 없이 이 별에서 살아가리라. 이 별에는 일본이란 나라가 있고, 그 나라의 도쿄란 도시에서 나는 지금 이 글을 쓰고 있다. 지금부터 여러분이 읽을 글은, 나란 개인이 이 별에서 오늘까지 살아온 얘기의 줄거리 같은 것이다. 이 얘기는 지금도 진행형이지만, 어제까지 있었던 일을 글로 써서 나 자신을 돌아보려 했다. 이른바 나의 개인사 같은 것인데, 과거를 글로 써서 자신을 객관적으로 돌아보고 싶은 욕구도 있었고, 그런 다음 나의 길을 또 한 걸음 한 걸음 내 발로 걸어가겠노라는 결의의 표명으로 삼고 싶은 마음도 있었다.

역사란 이름으로 환치되는 과거란 대체 무엇일까……. 잘 모르겠다. 하지만 과거를 다시 한번 돌아보는 것은 지금 이 현재에서 과거를 뭐라 뭐라 논하기 위해서가 아니라, 최선을 다해 지금을 살기 위한 하나의 방법이라고 생각한다.

1959-1978
AOMORI,
JAPAN

1959 -1978 도시 : 히로사키
나라 : 일본

일본국 아오모리 현 히로사키 시, 1959 ~1978

드넓은 하늘과 저 멀리 보이는 산들…….

내가 이 세상에 태어나 고등학교를 졸업할 때까지 살았던 동네를 생각하면 머리 위로 드넓게 펼쳐진 하늘이 가장 먼저 뇌리에 떠오른다. 하늘은 계절에 따라 온갖 표정을 보여 주었다. 눈빛으로 빛나는 설원에 서서 캄캄한 하늘을 올려다보며 소리 없이 내리는 눈을 맞았던 감각은 지금도 퇴색하지 않았고, 한 여름 하늘 가득 피어오르는 뭉게구름을 보면 여름 방학 때 수영장에 다녀오는 길에 사 먹었던 싸구려 아이스케키의 맛이 입 안에 되살아난다.

봄이면 안개가 살짝 끼어 있고, 구름이 아주 낮게 흘렀던 것 같다. 길었던 겨울이 끝나 눈이 녹기 시작할 무렵이면 아이들은 기다렸다는 듯이 장화를 벗어 던지고 들뜬 기분으로 자전거를 꺼내 군데군데 눈이 남아 있는 들판을 달렸다. 겨울잠에서 깨어난 개구리가 알을 까놓은 웅덩이를 피해 가면서.

물기를 머금은 검은 흙 여기저기에 머위가 싹을 내밀고 있었다. 내 어린 시절에는 들판이 많이 있었고, 그런 들판이 아이들의 놀이터였다. 포장도로도 많지 않았고 사방으로 흐르는 개울에서 물고기도 잡았다. 5월의 황금 연휴, 만발했던 벚꽃이 지면서 파릇파릇한 잎사귀가 돋고 신록이 힘차게 산과 들을 덮기 시작할 무렵이면 머잖아 찾아올 짧은 여름을 설레는 마음으로 기다렸다. 하지만 여름은 찾아왔나 싶으면 '펑!' 하고 터졌다가 금세 사라지는 불꽃놀이의 폭죽처럼 아쉬울 새도 없이 끝나버렸다. 그러고는 또 금세 단풍이 들고, 마침내 눈이 모든 것을 하얗게 덮어버리는 긴긴 겨울이 시작되었다. 겨울 방학도 다른 지방보다 1주일이나 길었다. 대신 여름 방

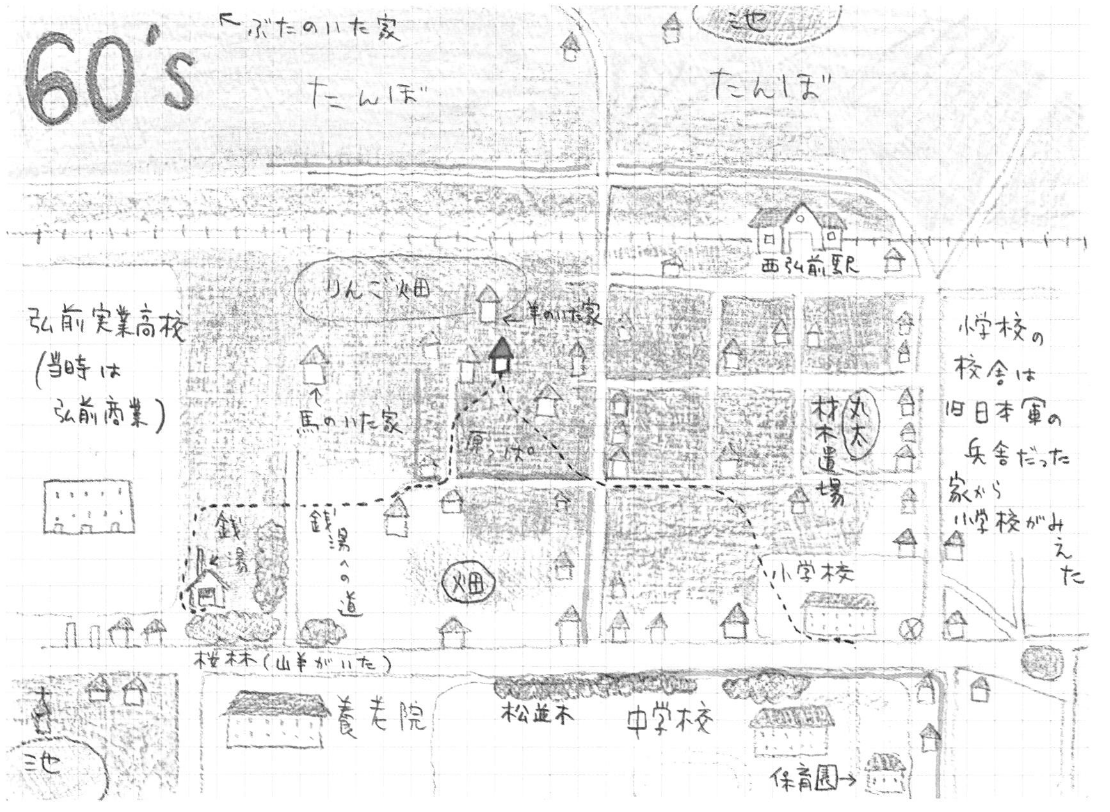

60年代、保育園から小学校4年生頃までの記憶地図。

当時草原や田畑だったところは、70年を過ぎると、みんな住宅地に変わってしまった。原っぱを突っ切って学校へ行くこともできなくなり、道路もどんどんアスファルトに舗装されていった。めだかが泳いでた小川もコンクリートのU字溝に変わってしまった。ため池も埋めたてられたし、いつの間にか銭湯もなくなった。小さな駅は建て変えられて、スーパーマーケットも、隣に建った。信号が増えて、小学校と中学校をむすぶ（木造の）歩道橋もできた。家の屋根に登ると、ずっと遠くを流れる大きな河にかかる橋のらんかんの灯がみえたっけ……今は、もちろん住宅の屋根しかみえない。それでも、僕の故郷の空はまだまだ広いし、遠くの山並みは昔と同じく、どっしりと構えていてくれる。

학이 1주일 짧았지만.

모든 것이 하얗게 덮이는 겨울, 특히 눈보라 때문에 밖에 나갈 수 없을 때는 얼어붙은 유리창에 부딪히는 싸락눈 소리를 들으면서 마음 내키는 대로 그림을 그렸다. 물론 맑은 날에는 밖에 나가 눈부신 풍경 속에서 스키를 타고 눈집을 만들면서 놀았다. 만약 내가 눈이 내리지 않는 남쪽에서 태어났다면, 집 안에 틀어박혀 그림이나 그리지는 않았을 것이다. 방 안에 혼자 틀어박혀서 창문 밖으로 펼쳐지는 미지의 세계를 보면서 언젠가 도전하게 될 모험을 상상하고 두근거리는 가슴으로 그림을 그린 것은, 어쩌면 나 자신의 내면에 펼쳐지는 또 하나의 세계로 떠나는 끝없는 여행의 서막이었는지도 모르겠다.

여행하면 초등학교 1학년 때, 친한 친구였던 마나부와 둘이서 전철을 타고 종점에 있는 조그만 온천 마을에 갔던 기억이 난다. 타르를 바른 바닥에 겨우 두 량밖에 없는 전철은 사과밭을 지나 30분 만에 종점에 도착했다. 우리는 호기심에 두 눈을 반짝이며 태풍이 막 훑고 지나간 마을을 돌아다녔다. 마을 한가운데를 흐르는 강이 있었는데, 무너진 다리가 지는 햇살을 받아 마치 공룡의 뼈 같은 그림자를 드리우고 있었다. 그것은 어린 모험자들을 불안에 떨게 하기에 충분한 광경이었다. 우리는 허둥지둥 역으로 되돌아갔다. 그리고 올라탄 전철 안에서 낯선 아줌마가 "이런 밤에 너희들, 왜 둘이서만 있는 거니? 혹시 가출한 거 아냐?"하고 캐물었다. "지금 집에 가는 중이에요."라고 설명했는데도 붙들고 늘어져, 내려야 할 역에서 내리지 못하고 반대 방향 종점까지 가고 말았다. 게다가 아줌마가 경찰에 연락하는 바람에 부모가 올 때까지 역에서 기다리는 신세가 되었다. 한참 후에 우리 둘의 엄마가 와서 집에 돌아갔는데, 나는 그때까지도 부모를 고생시켰다는 의식이 없었다. 그런데 밤이

고등학교 때 학원제에 출품했던 그림

고등학교 때 아르바이트를 했던 찻집

깊었는데도 돌아오지 않는 여덟 살짜리 아들을 걱정한 엄마가 온 동네를 찾아다녔고, '혹시 빠진 것은 아닐까' 하고 커다란 연못 주위를 이리저리 살피며 돌아다녔다는 아빠의 말을 듣고는 눈물이 쏟아졌다. 요즘 세상에는 전철에 수상한 아이들이 탔다고 말을 거는 어른은 없으니, 지금도 그때 그 아줌마에게 감사하고 있다.

그 시절의 일본은, 지금은 상상도 할 수 없을 만큼 시간이 천천히 흘렀다. 평범한 일반 전화조차 모든 집에 다 있는 것은 아니었다. 텔레비전도 흑백텔레비전이 주류, 그것도 1964년 도쿄 올림픽 때부터나 각 가정에 보급되기 시작했다. 우리 집 흑백텔레비전이 컬러텔레비전으로 바뀐 것은 1970년, 오사카에서 만국 박람회(통칭 엑스포 '70)가 개최되었을 때였다. 카세트테이프(CD 같은 것도 아직 등장하지 않았다.)만 해도 중학생 때 부모에게 울면서 사달라고 애원해야 했다. 그리고 심야 방송을 들으면서 고등학교 입시 공부를 했는데, 지금 돌아보면 그때가 가장 열심히 공부한 것 같다.

깊은 밤, 라디오에서 흘러나오는 미국과 영국의 록 음악에 마음이 설레었던 우리 세대. RC 석세션이 노래하는 〈트랜지스터 라디오〉의 가사처럼, 조그만 스피커에서 들려오는 베이 에리어(Bay Area)와 리버풀 사운드, 뉴욕과 런던의 록 음악에 마음이 술렁거렸던 것이 우리 세대의 특징이었다. 그리고 마음에 드는 밴드의 레코드를 사서는 포터블 플레이어에 올려놓고 몇 번씩이나 질리도록 들었다(한 달 용돈이 레코드 한 장을 살 수 있을까 말까 한 정도였으니, 그럴 수밖에). 또 전쟁의 당사자인 미국의 젊은이들 사이에서 일어난 베트남 전쟁 반대 운동의 물결이 문학과 음악을 타고 일본의 젊은이들에게 전파된 것도 그 무렵의 일이다. 사람들은 한결같이 사랑과 평화를 외쳤다. 미국은 1960년대 초에 시작해 케네디, 존슨, 닉슨, 이렇게 3대에 걸친 대통령이 관여한 베트남 전쟁에 총 1500억 달러를 쏟아 부었지만 결국은 철수

© AP/WWP

했고, 1975년 길었던 전쟁도 막을 내렸다. 하지만 그동안 전쟁을 반대하는 젊은이들의 의사 표현은 로큰롤 자체가 지니고 있는 '분노한 젊은이' 들의 힘을 증폭시키면서 무수한 명곡을 낳았다. 그런 음악들은 약관 중학생이었던 나의 마음을 송두리째 뒤흔들어 놓았다. 록 음악이 나의 귀를 자극하는 한편, 병사들과 함께 전장으로 향한 사진가들의 사진은 나의 시각을 자극했다.

베트남 전쟁은 자기 집 주변밖에 몰랐던 나의 시야를 세계로 넓혀 준 사건이었다. 물론 음악과 텔레비전을 통해서였지만, 제2차 세계 대전조차 모르던 나는 전쟁의 비참함을 리얼 타임으로 실감할 수 있었다. 그러나 실제로 전쟁을 경험해 보지 못한 내게 젊은이들의 분노를 반전 운동 이상으로 실감나게 가르쳐 준 것은 고등학교 3학년 때 라디오로 들은 섹스 피스톨즈의 〈Anarchy in the U. K.(1976)〉와, 크래쉬의 〈White Riot(1977)〉였다. 이 곡들은 젊은 마음과 몸으로만 느끼고 이해할 수 있는 것이었고 '이성이 아니라 자신의 경험을 통해 리얼하게 느껴지는 것' 은 이후 나의 리얼리티에 대한 사고를 결정하는 중요한 요건이 되었다.

처음 구경한 라이브 공연은 중학교 2학년 때 본 〈CAROL〉(야자와 에이키치가 이끄는 밴드)이었고, 해외 뮤지션으로는 고등학교 1학년 때에 닐 영의 공연을 보았다. 고등학교 2학년 때부터 졸업할 때까지는 동네에 있는 록 다방에서 DJ 아르바이트를 하면서 월급을 받기가 미안할 정도로 즐거운 때를 보냈다. 다방을 찾아오는 손님들에게 인기도 많았는데(특히 '여대생들!' 이라고 강조하고 싶다.) 그렇다고 매일이 즐거운 것은 아니었지만 그곳에 모이는 나보다 나이 많은 사람들과 어울리면서 다양한 인간 군상을 경험하는 한편 어른으로 성장하는 계단을 한 계단 한 계단 올라갔다.

지금 생각하면 참 신기한 일인데, 고등학교에서 럭비 동아리 활동을 하면서 여자 친구들과 놀기도 하고 게다가 아르바이트까지, 그때는 시간이 넉넉했던 것 같다.

1970년대에 주로 들었던 레코드 리스트

BOB DYLAN, THE BYRDS, COUNTRY JOE, DAVID BOWIE, IGGY POP, ROXY MUSIC, LOU REED, KING CRIMSON, FAIRPORT CONVENTION, TOWNES VAN ZANDT, ERIC ANDERSON, RANDY NEWMAN, NEIL YOUNG, DON NIX, JACKSON BROWNE, 해피엔드, 아가타 모리오, EAGLES, NEW YORKDOOLS, RAMONES, BOB MARLEY, DR.FEELGOOD, PATTI SMITH, SEX PISTOLES, THE CLASH

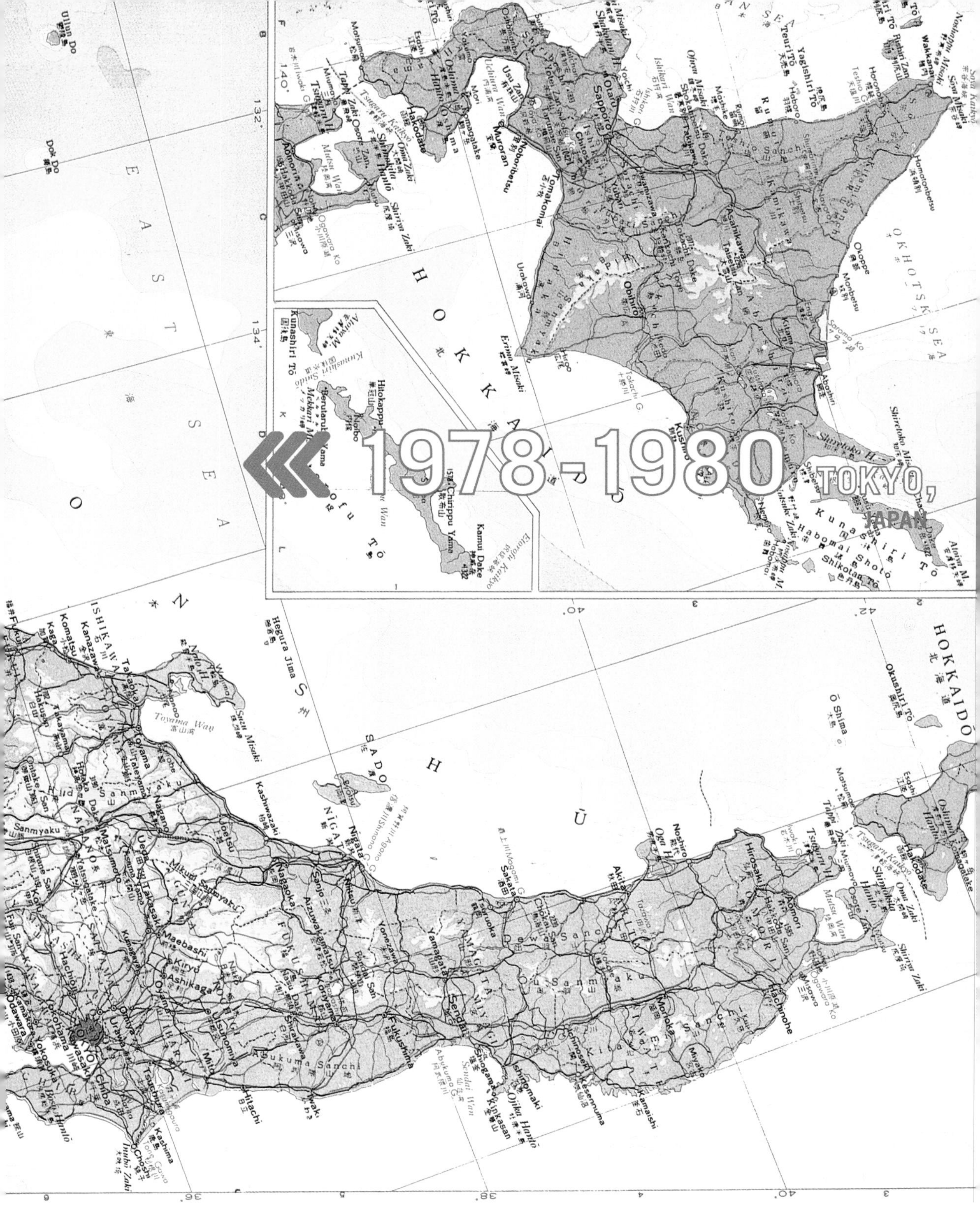
1978-1980
TOKYO,
JAPAN

1978-1980 도시 : 도쿄
나라 : 일본

청춘의 나날

일본국 도쿄, 1978~1980

1978년 고등학교를 졸업하고, 운 좋게 도쿄 도내에 있는 미대 조각과에 합격했지만 그 학교에는 진학하지 않았다. 진지하게 생각하면 할수록 '역시 그림을 그리고 싶다!' 는 욕망이 강했기 때문이다. 그래서 도내에 있는 허름한 연립주택에 살면서 재수생 생활에 돌입했다. 그 집으로 이사하던 날, 나는 이불 가게에서 이불과 커다란 당초무늬 보자기를 사서 그 보자기에 이불을 싸 둘러메고 들어갔다.(지금 생각하면 엄청난 광경이다!) 그 집은 4.5조(2.3평)짜리 방 두 개에 목욕탕은 없고(더구나 화장실은 푸세식… 그래도 도쿄인데), 집세는 다달이 1만 8천 엔이었고 금방이라도 무너질 듯한 목조 가옥이었다. 나는 옆에 사는 사람들 눈치를 봐가면서 고등학교 시절에 아르바이트를 해서 사 모은 레코드(수입 레코드 전문점을 들락거리면서 사 모은 레코드도 꽤 있었다.)를 귀가 얼얼하도록 들으며 그림을 그려댔다. 도쿄에서 처음 시도한 아르바이트는 건설 현장 막노동이었다. 합판을 몇 장씩 메고 엘리베이터가 아직 설치되지 않은 6층 건물을 오르내렸다.

1년 후, 영광스럽게도 무사시노 미술대학에 입학한 나는 집도 4.5조와 3조(1.5평)짜리 두 개의 방과 부엌에 수세식 화장실(목욕탕이 없는 것은 여전했지만)이 있는 집으로 이사를 했다. 월세는 한 달에 2만 4천 엔이었다. 드디어 본격적으로 그림을 그리는 나날이 시작되는구나! 하고 생각은 했지만, 변함 없이 라이브를 찾아다녔고 레코드 가게를 들락거리는 데 많은 시간을 투자했다. 그 무렵 일본에서는 〈도쿄 로커스〉란 무브먼트가 있었는데 신주쿠 광장을 중심으로 프릭션, 리저드, 미라주 같은 밴드가 연주를 했고, 무사시노 미대의 학원제 때도 종이 상자, 비상계단 등의 〈도쿄 로커스〉와 진나이 다카노리(陣内孝則)가 리드하는 로커스, 그리고 오에 신야(大

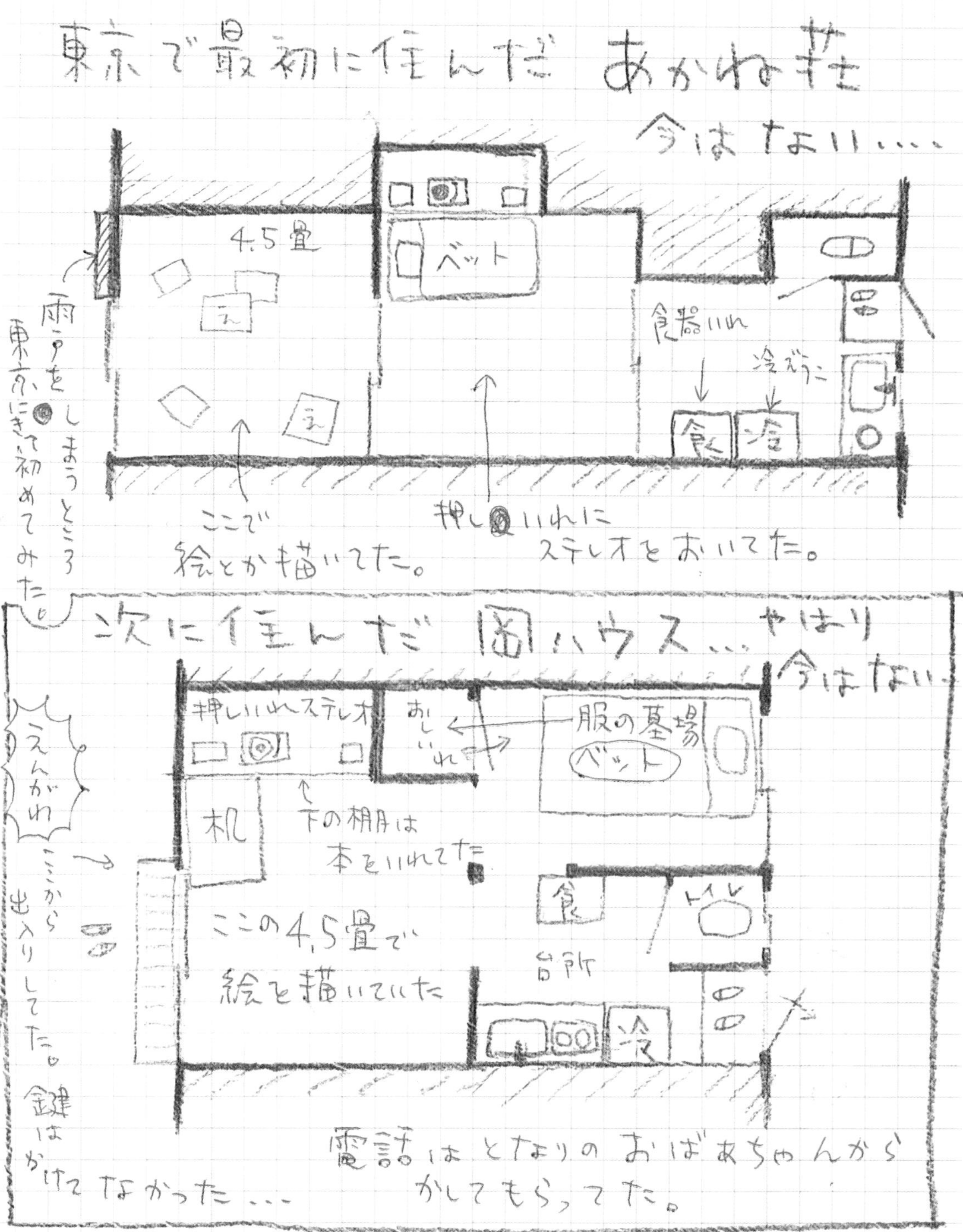
東京で最初に住んだ あかね荘
今はない……
4.5畳
ベット
食器いれ
冷ぞうこ
食
冷
雨戸をしまうところ
東京にきて初めてみた。
ここで
絵とか描いてた。
押しいれに
ステレオをおいてた。
次に住んだ ハウス…やはり
今はない…
押しいれステレオ
おしいれ
服の墓場
ベット
えんがわ
机
下の棚は
本をいれてた
ここから
出入りしてた。
食
トイレ
ここの4.5畳で
絵を描いていた
台所
冷
鍵はかけてなかった…
電話はとなりのおばあちゃんから
かしてもらってた。

江愼也)가 리드하는 루스터즈(이 밴드는 전설, 반드시 찾아서 들어볼 것!) 같은 〈명태 밴드〉(당시 하카다 출신 록 밴드를 이렇게 불렀다.)가 왔다. 그야말로 일본에서도 펑크와 뉴 웨이브의 싹이 움트던 시절이었다. 그들의 공연장에서 내가 얼마나 흥분했는지는 말할 필요도 없다. 그리고 그들 자신이 운영하는 인디 레벨이 등장한 것도 그 즈음이었다.(이듬해 신주쿠 광장에서 〈DRIVE TO 80' S〉란 이름 하에 일본 펑크와 뉴 웨이브 페스티벌이 개최되었는데, 나고야에서 온 스타 클럽에 눈물이 나도록 감동하고 말았다. 지금도 현역 스타 클럽의 라이브에는 한달음에 달려간답니다.)

반드시 그 때문만은 아니지만, 록에 푹 빠져 있어 집중하고 그림을 그릴 수 없었다. 늘 그리고 싶었지만 대학의 커리큘럼은 학구적인 과제를 요구했고, 록 음악에 몸을 흔드는 리얼한 생활과는 완전히 동떨어져 있었다. 그리고 메이지 시대의 화상이 그렸을 법한 모티프를 보면서 나는 그림을 그릴 동기를 그만 잃어버리고 말았다. 그래서 학교보다는 집에서 내 멋대로 낙서 비슷한 것을 그렸고, 밤에는 편의점에 납품하는 도시락을 싸는 아르바이트를 하고, 새벽에 도시락 하나를 슬쩍 해서 집으로 돌아와 먹고는 잠들었다가 낮에 일어나 다시 그림을 그리는 생활을 계속했다.

그러고는 1학년이 거의 끝나 가는 2월, 그런 생활에 넌더리가 난 나는 2학년이 되면서 내야 할 학비를 유럽 여행에 투자했다. 혼자 배낭여행을 떠난 것이다. 그러나 당시는 지금처럼 해외여행이 보편화되어 있지 않았기 때문에 책방에서 산 〈지구 여행 유럽편〉은 두께가 겨우 1센티미터밖에 되지 않았다.(지금처럼 나라 별로 나뉘어 있는 책은 구경할 수 없었다. 〈유럽편〉이란 것밖에 없었다.) 지금은 해외여행의 대기업으로 전 일본은 물론 세계 각국에 지점이 있는 HIS에 항공 티켓을 사러 갔는데,

플라잉 뷰리토 브라더스의 티셔츠를 입고 있다

당시 HIS는 신주쿠 역 서쪽 출구 앞에 있는 주상 빌딩에 본점이 있을 뿐 지점은 한 군데도 없었다. 벽에 인도와 네팔에서 여행자들이 보낸 엽서가 붙어 있는 좁은 방에서(HIS는 당시 인도와 네팔 전문 여행사였다.) 사장이 직접 응대해 주었다. 나는 인도와 홍해 상공을 지나는 파키스탄 항공 티켓을 샀다.

처음이면서 혼자 떠나는 이 해외여행은 그때까지의 나에게 작별을 고하기에 충분한 것이었는데, 이 글을 읽는 분들이야 '그 여행 정말 멋졌겠는데' 하고 생각할 테지만, 실은 떠나기 1주일 전부터 위통과 불면에 시달리다가 정작 출발 당일에는 늦잠을 잤다. 그나마 고야나기가 와서야 놀라서 벌떡 일어났다.(나 없는 동안 마음껏 쓰라고 고야나기에게 열쇠를 빌려주었다.) 고야나기는 배낭을 멘 나를 자전거 꽁무니에 태우고 근처에 있는 역까지 바래다주었다. 고야나기, 고마워!

1980년 유럽으로, 스무 살의 나홀로 여행

나리타공항을 떠난 비행기는 스튜어디스와 일대일로 농담을 할 수 있을 정도로 텅 비어 있었다. 식사 때도, "치킨과 비프, 어느 쪽으로 하시겠어요?"라기에, "양쪽 다"라고 대답했더니 정말 두 가지 다 갖다 주었다. 출발 전의 위통 따위는 감쪽같이 사라지고 창문으로 에베레스트를 보면서 맛있게 먹고 즐거운 시간을 보내고는 파키스탄의 카라치에 도착했다. 그곳에서 유럽행 비행기로 갈아타야 하는데 그곳의 유럽행 비행기에 일본인 스튜어디스가 있을 리 없었다. 머리에 터번을 두르고 성큼성큼 올라탄 아저씨들에게 에워싸여 아랍수장국 연방인 두바이, 이집트의 카이로를 경유, 하루 이상 걸려 겨우 프랑스의 오를리에 도착했다.

공항에서 버스를 타고 파리 시내로 향했는데, 창문으로 내다보이는 첫 서양의 풍

1978-1980 도시 : 도쿄
나라 : 일본

경에 가슴이 쿵쿵거리도록 흥분했다. 지금 생각하면 별것 아닌 거리와 집과 거대한 빌보드 광고에 나그네의 마음은 뛰었다. 당연한 일인데, 거리를 걷는 사람들이 모두 프랑스인에 프랑스 말로 얘기한다는 생각만 해도 나는 가슴이 터질 것 같았다.(그러고 보니까 처음 도쿄에 왔을 때도 모두들 텔레비전에서 본 것처럼 표준말로 얘기하네! 하고 기가 죽은 기억이 있다. 하기야 시골 촌뜨기였으니까.) 나는 파리 거리를 정처 없이 이리저리 걸어 다니면서 지금은 죽고 없는 화가들을 생각했다.

나는 프랑스 말은 물론 영어도 제대로 못했지만 익숙해진다는 것은 인간의 미덕인지라 한 사흘 지나자 '결국, 인간은 다 마찬가지네 뭐' 하고 생각하게 되었다. 프랑스 사람들의 영어 실력이 나와 별로 다를 게 없었으니까요! 에비다몽!(프랑스 말로 물론이라는 뜻.) 하지만 그때까지 난 유럽 사람들은 다 영어를 잘하는 줄 알았다. 하물며 우리 할머니가 "요시토모야, 프랑스에 가냐? 프랑스 사람들은 영어하냐?" 하고 심각한 표정으로 물었을 정도였으니…….(얼굴이 빨개짐.)

나는 파리에서 벨기에, 네덜란드, 독일, 오스트리아, 스위스, 이탈리아, 프랑스, 스페인, 포르투갈로 열차를 바꿔 타며 여행했다. 제일 먼저 간 벨기에의 브뤼셀에서는 주소 하나만 달랑 들고 겨우 찾아간 유스 호스텔이 폐쇄되어 망연자실하고 있는데, 학교에서 돌아오는 초등학생 십여 명이 우르르 다가와 다른 유스 호스텔까지 안내해 주었다. 지하철까지 타가면서.

그들과 대화가 가능할 리 없었는데도 불구하고 아무튼 가는 내내 즐거웠다.(시골로 가면 갈수록 사람들은 친절했고, 도시로 가면 갈수록 사람들은 나그네에게 무관심했다.) 하지만 버스나 전철 속에서 어린 꼬마가 뚫어져라 쳐다볼 때면, '아아, 난 역시 이방인이로구나' 하고 느끼지 않을 수 없었다.

Jugendherberge Heidelberg
6900 Heidelberg
HEIDELBERG
JH Roßmuhle
Rothenburg o.T.
DE JEUNESSE
DE
PARIS - RUEIL
Tél. : 749.43.97
4, Rue des Marguerites
Hock H.
Keizerslaan - 1000 Brussel
Tel. 02 - 511 04 36
"De Windroos"
ROTTERDAM - 2
2 5 FEB.
Jeugdherberg & confectiecentrum
OCKENBURGH
Monsterseweg 4 - Den Haag
Holland - tel. 070 - 250600
Jeugdherberg
Vondelpark
Amsterdam
Jugendherberge
Köln-Deutz
AUBERGE JEUNESSE
31, bd Gambetta
TARASCON
15 - 150
29 au 31.3.
GASTLICHES BASEL
AUBERGE JEUNESSE
31, bd Gambetta
TARASCON
15 - 150
22/3
FUAJ - IYHF
AUBERGE DE JEUNESSE
Chemin de Valcros
Quartier du Jas de Bouffan
AIX-en-PROVENCE
23/3
"La Cité"
CARCASSONNE
25.
POUSADA DE JUVENTUDE
SAGRES
7/4
POUSADA DE JUVENTUDE
LISBOA
TORRE DE BELÉM
PORTUGAL
3.4/4
PORTUGAL
5.6/4
F.U.A.J. - PERPIGNAN
9→10/4 80
AUBERGE DE JEUNESSE
VILLA DES ROSIERS
TOULOUSE
10 → 11/4/80
EUROPA
JEUGDHERBERG
BRUGGE
DONA NOBIS PACEM
D J H
Hamburg
auf dem Stintfang
A. I. G.
OSTELLO MERGELLINA
Salita Della Grotta N. 23
80122 NAPOLI - Tel.
28/3
29/3
JH Wolfsschlucht
Oberer Leinritt 70
8600 Bamberg
Ankunft:
Abreise:
Romantisches
BAMBERG
JUGENDHERBERGE
REGENSBURG

그래도 명색이 미대생이라 가는 곳마다 꼭 미술관을 찾았다. 지금까지 화집에서만 볼 수 있었던 그림과 조각을 내 눈으로 직접 보니 '아아, 진짜다!' 라는 감동의 물결이 이어지는 나날이었다. 하지만 이 도시 저 도시를 다니면서 그곳에서 만나는 다양한 나라의 젊은이들과 얘기를 나누다 보니, 미술 따위는 아무래도 상관없어졌다. 태어나고 자란 나라와 사용하는 언어는 달라도 같은 록과 영화와 문학에 공감하는 사람들이 눈앞에 있다는 것이 오히려 멋지고 중요한 일이라는 생각이 들었다. 물론 내 영어 실력으로 어려운 얘기는 나눌 수 없었지만, 좋아하는 장르의 화제가 나오면 친구라도 된 기분으로 오래도록 얘기할 수 있었다.(비록 중학교 수준의 영어였지만)

그것을 지금 이 세계를 함께 살고 있다는 감각이라고 표현할 수 있을까? 나라니 인종이니 그런 구분이 아닌, 어느 나라에서 태어났든 지금 이 지구상에서 같은 시대를 살고 있다는 동세대 감각. 또는 서로에게 애인 사진을 보여 주면서 "이 여자가 내 애인이란다!"하고 자랑하는 것.(그 시절의 내 여자 친구는 지금 아이가 셋이나 있는 엄마, 크! 뭐 상관없는 일이지만) 아무튼 어디를 가든 마음이 맞는 사람이 한둘은 있는 법이다. 같은 일본 사람이라도 싫은 사람은 싫고, 말이 통하지 않아도 좋은 사람은 좋은 것이다. 유스 호스텔에서, 영어를 제대로 몰라도 마음이 맞지 않는 일본 사람과 얘기하는 것보다 말이 통하지 않아도 같은 음악과 영화를 사랑하는 다른 나라 사람과 함께 있는 편이 훨씬 부담이 적었다.

좋아하는 밴드가 어떤 도시에서 라이브 공연을 하면, 역시 그 밴드를 좋아하는 페루 사람과 같이 보러 갔다. '남미 사람이 어떻게 이 밴드를 알지?' 라고 생각했지만, 그로서도 '어떻게 일본 사람이·이 밴드를 알지?' 싶었을 것이다. 그런데도 '그래, 그랬어, 잘 아네, 좋아하는 모양이지!' 하고는 갑자기 솔 브라더즈가 되는 그런 느낌은 언어로는 좀처럼 전달되지 않는다. 다 아시죠?

네덜란드의 유스 호스텔에서

나는 명소나 유적을 찾아다니기보다 유스 호스텔에서 만나는 비슷한 감각을 지닌 사람들과 어울리는 것이 좀더 의미 있는 일이라고 생각했다. 그것은 또 '그림을 그리는 면에서도 지금 내가 살고 있는 이 세계와 이 순간을 느끼면서 그려야지 그렇지 않으면 내가 지금을 사는 의미가 없지 않을까!?' 란 당연한 발견이기도 했다.

대학에서는 나보다 솜씨가 뛰어난 사람들이 너무 많아 '아아, 난 재능이 없나 봐, 으흑, 흑' 하고 생각했는데, 객관적으로 평가되는 테크닉과는 무관하지만 그 사람만이 표현할 수 있는 것, 요컨대 '다른 사람과 비교할 수 없는 세계를 나름의 수법으로 표현하면 되지 않을까' 하고 생각한 것이다. 미술사에 얽매이지 않고 객관적인 테크닉에서도 자유로운 상태. 아무튼 그 사람 특유의 개성이 드러나면 될 거라고 생각했다. 하지만 그것을 어떻게 표현하면 좋은지, 거기까지는 생각하지 못했다. 그래도 아무튼 앞이 보이는 듯한 기분이었다.

살아 있는 동안에는 그림을 사주는 사람이 거의 없었다는 고흐가 당시 어떤 감각으로 대상을 파악하고 얼마나 독자적인 수법을 구사했는지를 생각하면 교과서에 실려 있는 그림을 실제로 확인하는 미술관 순례가 전혀 다른 의미를 띤다. 나는 그들의 그림 앞에 서서 당시의 그들 자신이 된 기분으로, 그들이 어떤 관점에서 대상을 파악하고 표현했는지를 리얼하게 느낄 수 있었다. 요컨대 당시 그들이 무엇을 어떤 느낌으로 표현했는지, 시차 없이 느낄 수 있었다는 뜻이다. 그러나 그것은 어디까지나 옛 것을 보는 감상자의 발견에 지나지 않았다. 무언가를 느끼고 알게는 되었지만 내가 어떻게 해야 하는지는 여전히 알 수 없었다. 또 당시의 현대 작가를 거의 몰랐던 나는 훗날이 되어서야 '현대를 사는 작가가 무엇을 어떤 식으로 표현했는지' 를 그나마 알게 되었다.

2월에 일본을 떠나 파키스탄에 들러, 5월 중순이 되어서야 일본으로 돌아왔다. 석 달 만에 다시 밟는 일본 땅은 내 눈에 전혀 다른 모습으로 비쳤다. 그것은 '이 지구상에는 실로 다양한 풍속과 문화와 종교가 있는데, 나는 그저 일본적인 시각에만 사로잡혀 있었다' 는 깨달음이기도 했다.

이 여행에서 사용한 돈은 40만 엔 정도로 비교적 적은 액수였지만 문제는 학비였다. 내가 생각할 수 있는 해결책은 오직 하나, 학비가 싼 공립대학으로 적을 옮기는 것이었다. 그래서 이듬해 아이치 현에 있는 아이치 현립 예술 대학에 원서를 냈다. 나는 이 여행에서 얻은 경험과 배움은 학교에서는 도저히 얻을 수 없는 것이었고, 학교의 아틀리에에서 그림을 그리는 것보다 더 많은 것을 내게 그려주었다고 생각한다. 또 운 좋게 합격, 아이치 현에서 두 번째 1학년이 되었다. 이 때문에 나는 도쿄를 떠났는데(아쉽지 않았다고 하면 거짓말일까?) 다행히 도쿄에서 사귄 친구들과는 계속 소식을 주고받으며 지냈다.

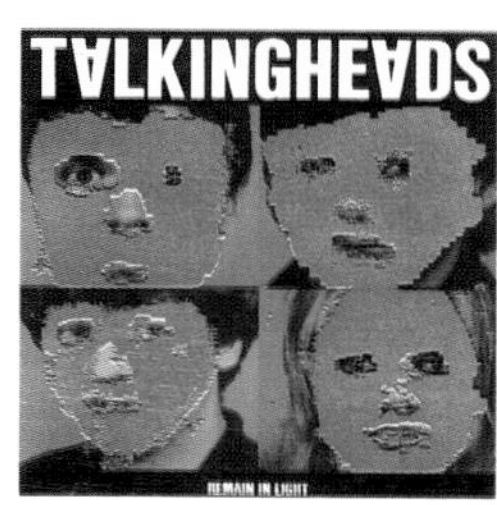

1980년~1983년에 주로 들었던 레코드 리스트

TALKING HEADS, THE B-52'S, KRAFTWERK, THE POP GROUP, BOW WOW WOW, PIGBAG, TOMTOMCLUB, 루스터즈, 스탈린, 이누, DEVO, BLACK FLAG, NICK LOWE, YAZOO, THE GO-GO'S, TOM VERLAINE, REM, SOFT CELL, 게르니카, PALE FOUNTAINS, ECHO & THEBUNNYMEN/MADONNA, METALICA, PRINCE, CABARET VOLTAIRE, 스타클럽, 라핀 노즈

1981-1988
NAGOYA,
JAPAN

일본국 나고야, 1981~1988

대학은 나고야 시 교외인 나가쿠데 읍에 있었다. 사방이 온통 숲이고 캠퍼스가 골프장처럼 넓었다. 게다가 내가 소속한 유화과는 1학년생이 겨우 25명. 첫인상이 '야, 이거 시골 촌구석에 학생 수도 얼마 안 되고, 내가 제대로 온 건가?' 였다. 그리고 하숙집으로 택한 곳이 농가의 주인이 손수 지은 6조(3평)짜리 조립식 건물을 두 채 합친 것(상상이 되려나! 흔히 마당 한구석에 창고 같은 그런 건물이 있죠, 그런 집입니다.)이었다. 대나무 숲 속에 서 있는 그 건물에서 4년을 지냈는데, 여름에는 벽이 뜨끈뜨끈할 정도로 덥고, 겨울에는 바닥에 흘린 물이 얼 정도로 추웠지만 오디오를 방방 틀어놓아도 아무도 뭐라 하는 사람이 없어 내게는 최고의 집이었다.

그리고 레코드 대여점에서 아르바이트를 하면서 학교보다는 집에서 이상야릇한 그림만 그려댔다.

이 무렵의 일로 특필할 수 있는 것은 비디오란 것이 일반 가정에는 아직 보급되지 않았는데, 우리 집에는 있었다는 것이다. 실은 2학년 여름에 하라다 토모요(原田知世, 모르는 사람은 조사해 보세요.)가 첫 주연한 〈시간을 달리는 소녀〉를 보고 감동한 나머지 '이 영화를 매일 보려면 비디오를 사는 수밖에 없다' 고 결심하고 사들였다. 동시에 텔레비전도 샀는데 돈이 모자라 안테나를 사지 못하는 바람에 비디오만 보았다. 한때는 하라다 토모요의 팬들이 매일 밤 내 방에 집결, 대나무 숲에 에워싸인 6조짜리 복작복작한 공간에서 남학생 열두 명이 포개앉듯 정좌를 하고 엄숙하게 〈시간을 달리는 소녀〉를 감상하는 기묘한 광경이 펼쳐지기도 했다. 나고야 시절 내가 갖고 있었던 시판 비디오 테이프는 오로지 이 한 개뿐이었다.(이거 자랑할 만한 일인지, 지금도 모르겠군요.)

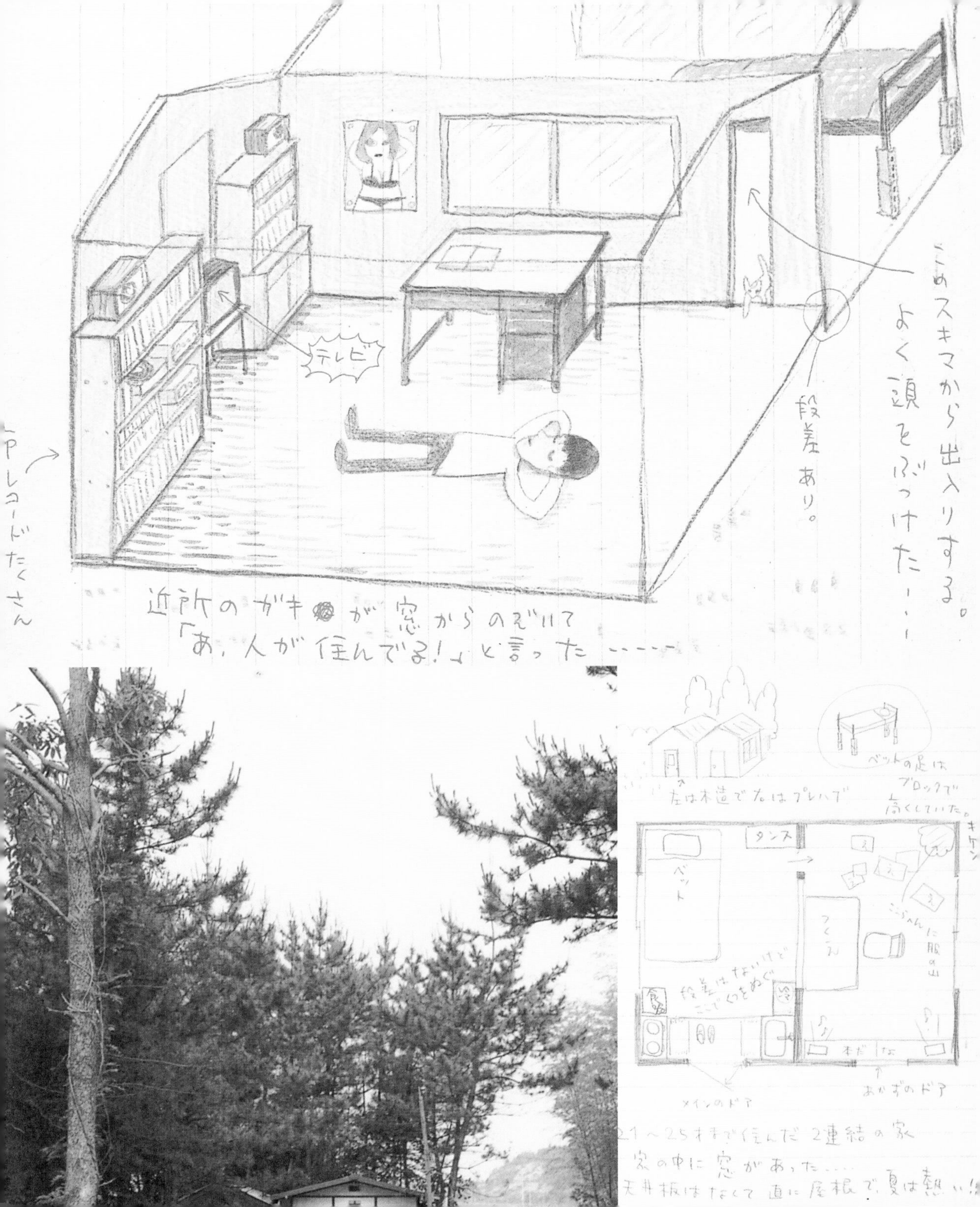

テレビ
このスキマから出入りする。
よく頭をぶつけた…
段差あり。
←レコードたくさん
近所のガキが窓からのぞいて
「あ、人が住んでる!」と言った……
左は木造で右はプレハブ
ベットの足はブロックで高くしていた。
キケン
タンス
ベット
え
つくえ
ここらへんに服の山
段差はないけどここでくつをぬぐ
冷
本だな
メインのドア
あかずのドア
21~25才まで住んだ 2連結の家
家の中に窓があった……
天井板はなくて直に屋根で夏は熱い!!

2학년이 끝날 즈음 나는 다시 유럽 여행을 감행했다. 이번에는 위통과 불면에 시달리는 일 없이 무사히 비행기를 탔다. 비행기는 물론 파키스탄 항공이었는데, 일본에 돈벌이를 하러 온 필리핀 여성들로 거의 만원이었다. "사장님, 멋있네요, 섹시하네요, 또 오세요."라면서 의미도 없이 웃고 깍깍거리는 그녀들에 둘러싸여, 스튜어디스와 단둘이 농담을 주고받았던 지난 번 여행 이상으로 즐거웠다. 그런데 그녀들이 마닐라에서 전부 내려버리자 비행기 안이 갑자기 썰렁해졌고, 카라치에서는 예의 날카로운 눈매에 머리에는 터번을 쓴 아저씨들이 줄줄이 올라탔다.

다시 유럽으로, 1983년의 나홀로 여행

이번 코스에는 지난번에는 없었던 영국이 포함되어 있었지만, 기본적으로는 1980년과 거의 비슷했다. 다만 지난번과 달리 옛 미술뿐만 아니라 새로운 미술에 대한 지식이 풍부해졌다. 지난번에는 가지 못했던 화랑에도 적극적으로 걸음을 옮겼고, 가이드북에는 실려 있지 않을 법한 미술관도 찾아내 들렀고, 미술학교도 몇 군데 기웃거렸다. 그러나 잠은 역시 유스 호스텔에서 잤다. 하기야 예산상 그럴 수밖에 없었지만.

3년 전에 걸었던 곳을 다시 찾아본다는 것은 아주 의미 깊은 일이었다. 지난번에는 시야에 들어오지 않았던 것들도 보이는 듯한 기분이었다. 거리가 지니고 있는 분위기도 더 섬세하게 느낄 수 있었고, 오랜 역사 속에서 복잡하게 형성된 각 나라와 도시의 양상을 좀더 확연하게 이해할 수 있었다. 그것은 구체적으로는 종교며 미술이며 민족이었지만, 나는 어디까지나 분위기를 감각적으로 느낄 뿐이었다. 그러나

스페인 걸들에게 인기만점 !?

그 감각은 애매한 것이어서 느낌이 곧 이해는 아니었다. 거리를 걸을 때나 공원 벤치에 우두커니 앉아 있을 때, 혹은 기차를 타고 달리면서 창밖으로 흐르는 풍경을 바라볼 때, 유스 호스텔로 돌아와 침대에 들 때, '아아, 그런 거구나!' 하고 느낄 뿐, 이렇게 글로 쓰려 하니 역시 너무 어려워 뭐라 쓸 수가 없다. 아무튼 과거의 기억을 더듬으며 거리를 걷자니, 재미있는 일이 많았다. 모퉁이를 돌아 예상했던 풍경이 펼쳐질 때나 가게 쇼윈도에 3년 전과 똑같은 인형이 전시되어 있을 때, 지금이 1980년인지 1983년인지 신기한 기분이 들기도 했다.

대도시의 화랑을 돌아다니며 거장에서 신인의 작품까지, 최신 미술을 접할 때마다 새로운 시대를 피부로 느낄 수 있었고, 결과적으로 훗날 내 작품을 제작하는 데 큰 도움이 되었다. 포괄적으로 보면 그것은 늘 변화하는 미술의 흐름 가운데 한 장면에 지나지 않지만 테크닉보다는 정신, 또는 패기 같은 것을 확실하게 얻을 수 있었다. 나는 주로 미술사의 연장선상에 있지 않은 작품에서 어떤 정신을 느낄 수 있었는데, 왜냐하면 그 작품들을 해명하는(또는 이해하게 하는) 키워드가 현대 사회나 서브 컬처에 있기 때문이었다. 그것은 이해하고자 하는 의지를 갖고 긍정적으로 보면 볼수록 '지금, 현재' 란 감각에 의하지 않고는 이해할 수 없는 것이었고, 부정적으로 보고자 하면 할수록 그 시각이 상투적으로 퇴보하는 것이었다.

나는 과거의 역사에 대한 지식을 쌓아 가는 한편, 이 몸의 중추인 정신은 현재진행형이고, 감수성 역시 늘 현재진행형일 수밖에 없다는 것, 아니 오히려 그래야만 한다는 것을 뼈저리게 실감했다. 그것은 내가 그리는 그림이 아무리 전통적인 수법에 바탕하고 있다 하더라도, 거기에 담겨 있는 것은 지금의 내 정신과 감성에서 비롯된 것이어야 한다는 자각이었다. 하지만 마음속에 있는 것을 어떤 식으로 표현하면 좋은지, 거기까지는 알 수 없었다.

두 번 모두 2월에서 5월 사이의 비수기에 여행한 덕분에 일본 여행객이 많지 않아 그랬겠지만, 지난번에 묵었던 유스 호스텔이나 식사한 레스토랑 사람들이 나를 기억해 주어 놀란 일도 있었다. 그리고 어디를 가든 그곳에 대학이 있으면, 학생 식당에 들러 런치를 먹고 커피를 마시면서 학생들과 얘기를 나누었다. 내 영어 실력은 여전히 중학생 수준이었지만 취미가 비슷한 사람들끼리는 역시 사이가 좋아졌고, 그런 사람들은 아무리 내가 거절해도 런치를 사주었다.

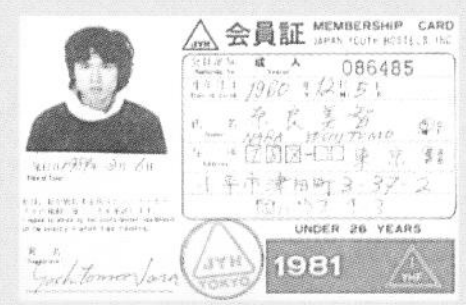

1983년~1988년

두 번째 유럽 여행에서 돌아온 나는 아무튼 낙서를 꾸준히 그려댔다. 지금 생각하면 그것은 그림일기처럼 '오늘 느낀 것을 그림으로 그리는' 작업이었는데, 나의 하루하루를 신나고 의미 있게 만들어 주기는 했지만 학교에서 내주는 과제를 해결하는 데는 별 도움이 되지 않았다. 그래서 학교의 실기 성적은 좋지 않았지만 개의치 않았다. 과제물 자체가 아주 고답적이어서 나와는 무관한 것이라 여겼기 때문이다.

그런 탓에 졸업을 하면서 제출한 졸업 작품이 내 경우에는 유화과의 학생으로서 마땅히 그려야 할 그림과는 거리가 먼 소박한 것이었다. 나는 길에서 주운 잡동사니를 화면에 콜라주하고, 그 위에 색연필로 그린 작품을 제출했다. 그리고 유화라고 하면 천으로 된 캔버스에 그리는 것이 보통인데, 나는 합판으로 만든 패널에 종이를 붙이고 그림을 그렸다. 다들 졸업 작품을 제작하는 데 두 달씩 투자했지만, 나는 겨우 1주일 만에 해치웠다.

APU
APU
APU
80
M-00-0

續 스페인 걸들에게 인기 만점 !?

그런데도 엄청 운이 좋았는지 1985년 무사히 대학원에 진학했다.(고마워해야 할 일이죠.) 그리고 이때부터 예대나 미대에 진학하려는 고등학생을 대상으로 하는 미술 학원에서 아르바이트를 시작했다. 덕분에 정기적인 수입이 생겨 부엌에 화장실에 목욕탕까지 있는 번듯한 신축 아파트로 이사를 했다. 하지만 그곳은 건전한 시민생활에 합당한 곳으로, 음악 소리도 낼 수 없고 물감으로 범벅인 그림을 함부로 늘어놓을 수도 없어서, 결국은 몇 달 지나 창고로 쓰이던 널찍한 공간으로 다시 이사를 했다.(물론 목욕탕은 없었다.)

미술학원에서는 고등학교 1, 2학년생을 맡았는데, 나는 대학에 합격하는 요령을 가르치기보다 미술의 본질적인 재미와 깊이를 가르치려 애썼다. 그리고 될 수 있는 대로 유럽에서 보고 들은 현재의 미술을 전달하고 지도했다. 지금 생각하면 부끄러운 일이지만, 학생들을 강사실로 불러 억지로 레이몬즈(RAMONES)의 앨범을 들려주기도 하고 프란시스 코폴라 감독이 제작한 영화 〈코야니스캇티(아스카 아키오가 감독한 만화영화, 옮긴이 주)〉를 보여주는 등, 현대의 미술학도가 지녀야 할 감성을 확실하게 키워 주려 노력했다. 아니 어쩌면 내가 원하는 미술가 상을 학생들에게 가르치면서 나 자신을 교육한 것인지도 모르겠다. 그리고 미술학원의 다른 강사들(그림이나 조각이 본업인)과 학생들을 가르치는 커리큘럼뿐만 아니라 서로의 작품에 관해서도 대화를 나누곤 했다.

그런 대화 속에서 오가는 이상적인 발언과 자신의 작품 사이에 있는 갭을 의식하고 괴로워하기도 하고, 수업을 하면서 갓 태어난 햇병아리 같은 학생들의 눈망울을 볼 때마다, '우선은 내가 이상적인 태도로 작품 제작에 임해야겠다!' 는 다짐을 굳히기도 했다. 학생이란 청중을 의식하여 입으로는 이상을 얘기하면서도, 실제로는 이상에서 먼 곳에 있는 나 자신을 부끄러워하며 이상을 실천하는 삶을 살아야겠다고 비로소 다짐한 것이다.

1987년, 세 번째 유럽 여행을 떠났다. 이번 여행의 목적은 5년에 한 번씩 독일의 카셀에서 열리는 〈도큐멘타(DOKUMENTA)〉란 국제 미술전을 보는 것이었다. 도큐멘타에서는 현대 미술의 최첨단을 눈으로 확인할 수 있고, 매 회마다 전시회를 구성하는 큐레이터의 멤버가 바뀌기 때문에 큐레이터 나름의 테마를 접하는 재미도 있다. 도큐멘타를 본 후, 아이치에서 대학을 졸업하고 곧바로 독일로 간 고바야시를 만났다. 그는 뒤셀도르프에 살고 있었는데, 학교에는 다니지 않고 아르바이트를 하면서 조그만 다락방에서 그림에 심혈을 기울이고 있었다. 그의 방에 잠시 신세를 지면서 학창 시절 얘기며, 지금 제작하고 있고 생각하는 테마들에 대해 얘기했다.

나는 도큐멘타라는 다양한 아티스트들이 모이는 대형 전시회를 구경한 후인데도, 이국에서 아르바이트를 하면서 홀로 작품에 몰두하는 그의 자세에 리얼한 감동을 받았다.

그와 함께 미술학교를 들러보기도 했는데, 학생들의 작품이 개성은 넘쳐도 테크닉 면에서는 별 대수로울 것이 없었다. 다만 한결같이 서로 다른 것을 추구하고 개성을 예술로 승화시키려는 행위에서 다큐멘타에서 본 유명한 아티스트들의 작품(나 따위는 도저히 흉내도 낼 수 없다고 생각할 만큼 세련된)보다 친근감을 느꼈다. 그것들을 보면서 '그래! 나는 아티스트가 되고 싶은 게 아냐. 아직은 길을 찾는 학생이고 싶어!' 라는 결론을 얻었다.

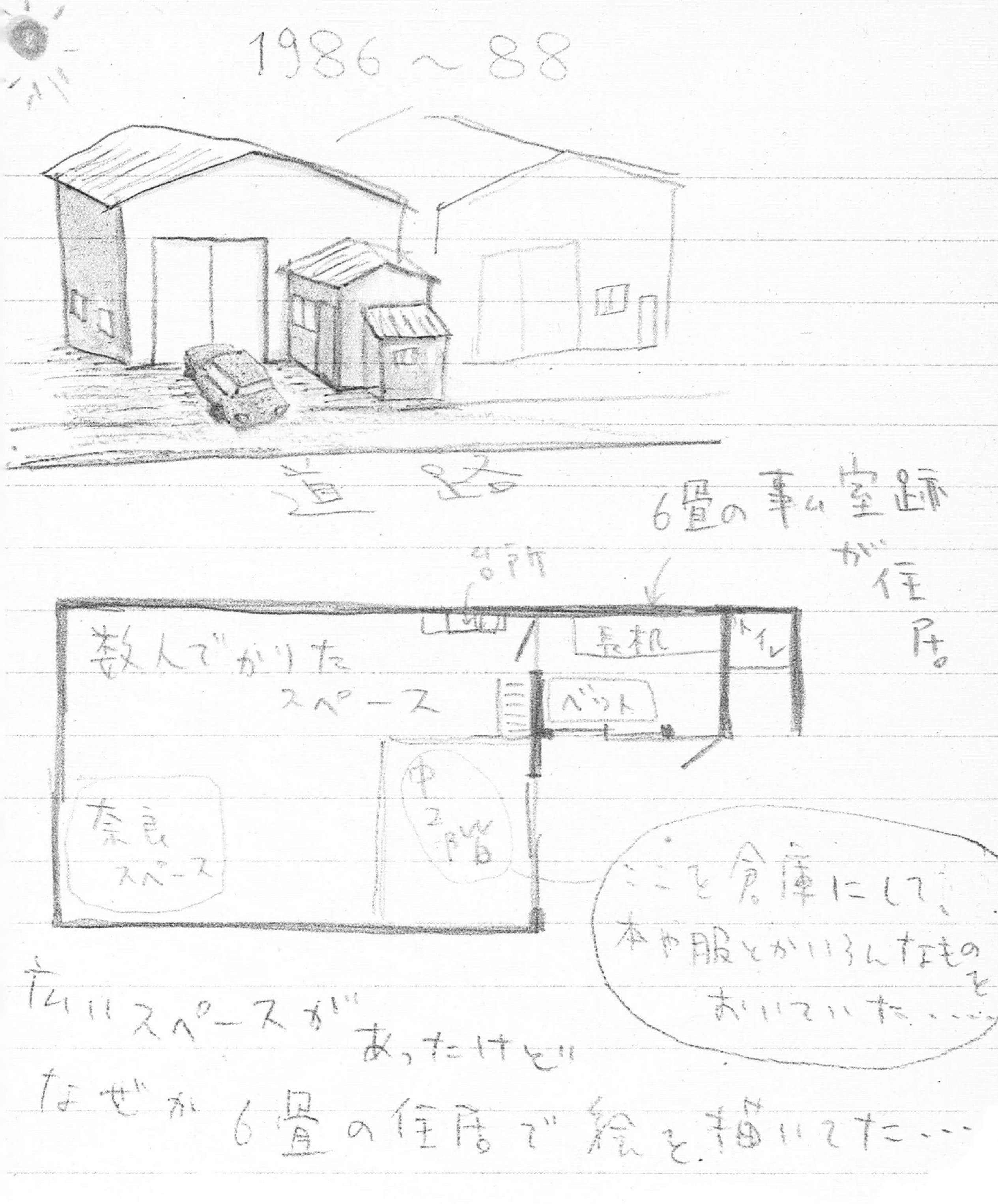
1986～88
道路
6畳の事ム室跡が住居。
台所
長机
トイレ
数人でかりた
スペース
ベット
中二階
奈良
スペース
ここを倉庫にして、
本や服とかいろんなものを
おいていた…
広いスペースがあったけど
なぜか 6畳の住居で絵を描いてた…

1981-1988

도시 : 나고야
나라 : 일본

1984년부터 비닐봉투에 그리기 시작한 드로잉 시리즈

귀국 후, 나는 독일 유학을 결심했다. 물론 독일에서 얻은 결론 때문이었다. 미술학원 학생들이 미술을 배우기 위해 대학에 진학하듯 나도 배우겠다는 마음가짐으로 유학을 결심한 것이다.

그리고 1988년 5월, 나는 학생들의 배웅을 받으며 나고야 역을 떠났다. 한 여학생이 건네는 꽃다발을 받아들자, 문이 닫히면서 열차가 움직였다. 몇몇 남학생들은 열차의 움직임을 따라 홈을 달렸다. 나는 차창에 얼굴을 바짝 대고 멀어지는 그들의 모습을 바라보았다.

그렇게 나는 7년간 살면서 정든 나고야를 뒤로 하고, 그로부터 1주일 후에는 독일행 비행기에 몸을 실었다.

Record on the Head

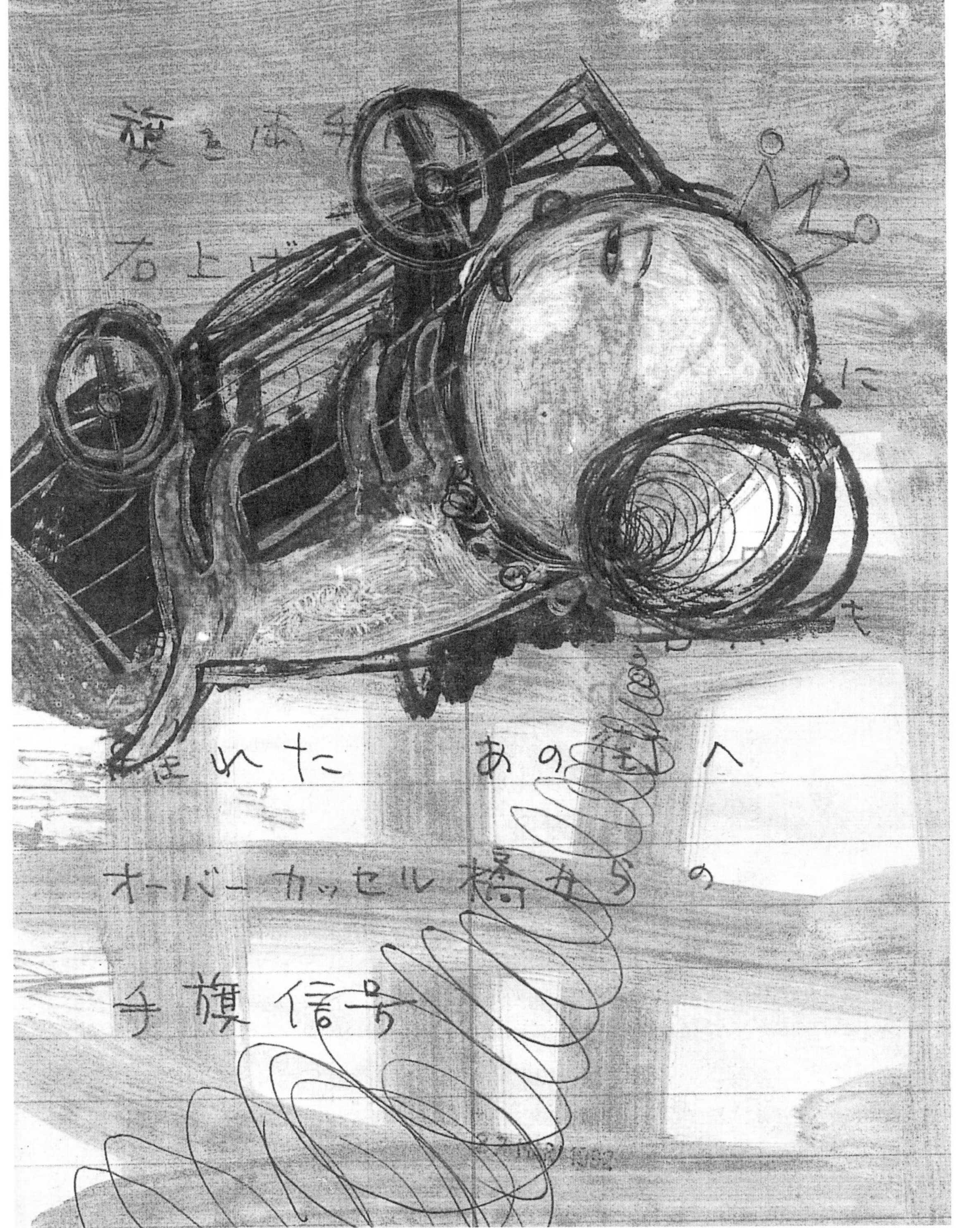
オーバーカッセル橋からの
手旗信号

NO FUN
I don't care
about everything!
guitar girl
king of Cat

ハーモニカ

1984년~1988년에 주로 들었던 레코드와 CD 리스트

XTC, NICK CAVE&THE BAD SEEDS, AZTEC CAMERA, THE POGUES, THE SMITHS THE RED HOT CHILI PEPPERS, THE STONE ROSES, D.A.F, DER PLAN, 토가와 준, COBRA, HOOTERS, THE FEELIES, THE GUN CLUB, PUSSY GALORE, 우초텐, 블루하트, 소년 나이프, THE SUGARCUBES, COWBOY JUNKIES, THE TOY DOLLS. LOVE&ROCKETS, COCTEAU TWINS AND 4AD LEBEL'S, THE CRAMPS, NIRVANA, SOUND GARDEN, GREEN DAY, SONIC YOUTH, DINOSAUR.JR

XTC/NICK CAVE & THE BAD SEEDS/AZTEC CAMERA/THEPOGUES/THE SMITH/THE RED HOT CHILI PEPPERS/THE STONE ROSES/D.A.F/DER PLAN/戸川純/COBRA/HOOTERS/THE FEELIES/THE GUN CLUB/PUSSY GALORE/有頂天/ブルーハーツ/少年ナイフ/THE SUGERCUBES/COWBOY JUNKIES/THE TOY DOLLS/THECRAMPS/NIRVANA/SOUND GARDEN/GREEN DAYS/SONIC YOUTH/DINOSAUR JR.

1988
2000
DÜSELDORF & KÖLN, GERMANY

1988-1994 도시 : 뒤셀도르프
나라 : 독일

뒤셀도르프, 1988년~1994년

1988년 5월 29일, 나는 프랑크푸르트 공항에 도착했다. 등에는 배낭을 메고, 어깨에는 커다란 스포츠 백, 그리고 카세트테이프와 화구를 잔뜩 담은 상자 두 개를 실은 캐리어를 끌고서.(지금 생각하면, 그런 건 미리미리 부쳐야지! 하고 자신을 혼내주고 싶다.)

프랑크푸르트에서 열차를 타고 고바야시가 전에 살았던 뒤셀도르프로 향했다. 고바야시는 일본으로 돌아와 이미 그곳에는 없었지만 나를 위해 다락방을 그대로 남겨 두었다. 주인에게 열쇠를 받아들고 방으로 들어서자, 그곳은 고바야시의 방이 아니라 그저 좁고 썰렁한 다락방이었다. 하지만 고바야시가 써놓고 간 편지가 나를 맞아주었다. 편지의 내용은 밝힐 수 없지만, 나는 그 편지를 읽고는 꽉 쥔 주먹을 창문으로 내밀고 하늘을 향해 외치지 않을 수 없었다.

"어이, 그래, 나 한번 해볼 거야!"

나는 독일 사람들과 함께 국립 뒤셀도르프 예술 아카데미에 시험을 쳤다. 그리고 붙었다.(이건 기적입니다. 그러니까 모두들 안이하게 생각하지 않도록!) 이미 그 학교에서 공부하고 있는 일본인 학생에게 도움을 받아 입학 절차를 밟았지만, 내가 가장 고마워하고 싶은 사람은 물론 고바야시였다. 입학하는 날까지 어학 코스를 밟는 한편, 옛날에 고바야시와 나란히 걸었던 길을 산책하기도 하고 밤이면 다락방 창문으로 그도 보았을 밤하늘을 올려다보면서 그림을 그렸다.

뒤셀도르프는 80년대 초기 〈Kraftwerk〉와 〈D.A.F〉 등이 활약한 〈도이체 · 노이에 · 베레〉(저먼 · 뉴 · 웨이브)의 중심 도시다. 그들이 라이브 연주를 했던 라이브하우스를 내가 모른 척할 리 없으니 〈Ratingerhof〉란 라이브 하우스를 곧잘 다녔다.

콘크리트로 지은 방공호 같은 1층짜리 건물에, 실내 조명이라고는 형광등밖에 없던 것으로 기억하는데, 2년 후 개조를 해서 아담하고 세련된 장소로 탈바꿈 했다.

독일 미술학교의 시스템은 일본과는 사뭇 달랐다. 새로 입학한 80명 정도의 학생들은 전공에 관계없이 네 개의 스튜디오를 나누어 사용하면서 1년 동안 갖가지 과제물을 해결해야 한다. 그리고 1학년을 끝내면서 심사에 합격한 후에야 비로소 2학년으로 진급해 자기가 하고 싶은 전공 분야에 발을 들여놓는다. 내가 사용하는 스튜디오에는 무대 미술을 지망하는 학생들이 많았는데, 독일 말을 제대로 못하는 외국인(나를 뜻합니다.)에게 모두들 친절했다. 어디를 가든 '같이 가겠느냐' 고 내 의사를 물었다. 아무튼 모두들 친절했는데, 그 가운데는 '이 외국인(역시 나를 뜻합니다.)을 따돌려서는 안 된다' 는 인도적인 입장에서 같이 가자는 학생과 '이 외국인, 마음이 통할 것 같은데' 하는 동지 의식에서 같이 가자는 학생이 서로 달랐다. 나는 당연히 동지 의식을 소중히 여기는 사람과 친해졌는데, 전자와 같은 의식을 갖고 있는 사람이 있다는 사실에는 정말이지 감동했다. 나와 특히 친하게 지낸 친구는 안네테와 하이케란 여학생인데, 안네테하고는 자동차를 얻어 타고 베를린까지 간 적도 있다.(하지만 베를린에 사는 남자 친구를 만나러 가는 데 따라간 것일 뿐이랍니다, 흐흑). 아무튼 나는 즐겁게 학교 생활을 시작할 수 있었다. 남독일에 있는 하이케의 집에도 같이 갔다.(역시 하이케가 남자 친구를 만나러 가는데 같이 가자고 해서) 물론 그녀들과 함께 지내면서 내 독일어 실력이 업그레이드된 것은 사실, 입학한 지 1년이 지나자 일상 생활에는 거의 불편이 없을 정도가 되었다. 그리고 당시 2학년이었던 한국인 유학생도 무척 친절했다. 같은 극동 아시아에서 온 유학생이라 그랬는지, 종종 저녁밥을 같이 먹자고 불러주었다. 이소미란 학생과는 늘 맥주를 마시면서 얘기를 나눴고, 부인을 데리고 유학 온 김남진이란 친구는 이래도 안 오겠느냐는 식으로 풍성한 식탁을 차려놓고 나를 불렀다. 아무튼 나는 혼자였지만 외톨이 유학생은 아니었다.

다락방에서 스키야키 파티

하이케

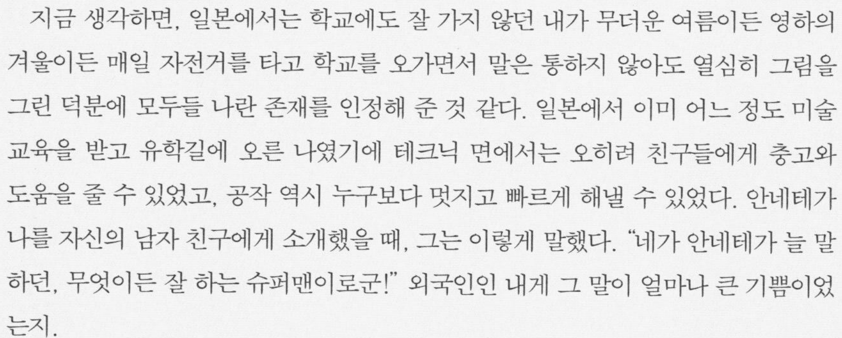

지금 생각하면, 일본에서는 학교에도 잘 가지 않던 내가 무더운 여름이든 영하의 겨울이든 매일 자전거를 타고 학교를 오가면서 말은 통하지 않아도 열심히 그림을 그린 덕분에 모두들 나란 존재를 인정해 준 것 같다. 일본에서 이미 어느 정도 미술 교육을 받고 유학길에 오른 나였기에 테크닉 면에서는 오히려 친구들에게 충고와 도움을 줄 수 있었고, 공작 역시 누구보다 멋지고 빠르게 해낼 수 있었다. 안네테가 나를 자신의 남자 친구에게 소개했을 때, 그는 이렇게 말했다. "네가 안네테가 늘 말하던, 무엇이든 잘 하는 슈퍼맨이로군!" 외국인인 내게 그 말이 얼마나 큰 기쁨이었는지.

안네테

나는 말이 통하지 않는 만큼 그림을 그렸고, 그것을 타인에게 보여주면서 내 존재를 인정받으려 애쓴 것 같다. 선생이 아틀리에로 찾아와 이런저런 질문을 하는데 내가 제대로 대답하지 못할 때면 안네테와 하이케가 내가 하고 싶은 말을 열심히 대변

해 주었다.(정작 나는 무슨 말을 하는지 알아듣지 못했지만, 후후!) 목조를 가르치는 선생에게 나무 파는 끌을 빌려놓고는 손도 대지 않은 채 며칠이 지나, '쓰지 않을 거면 돌려 달라' 는 말에 이제부터 시작하려 한다고 변명했더니, '그렇다면 그냥 갖고 있으라!' 고 하기에 '어떻게 학생을 저토록 신뢰할 수 있을까' 하고 무척 놀랐다. 좋은 선생이었는데 갈짝갈짝 나무를 파고 있기가 귀찮아서 전기톱(〈13일의 금요일〉에서 제이슨이 갖고 있는 그런 전기톱)을 사용했더니, 신나게 혼을 내고는 전원이 참가하는 〈1학년생의 목조전〉에 출품을 금지시켰다. 나와 함께 전기톱을 사용한 안네테와 하이케 역시 마찬가지 신세였다. 미안해요!

즐거운 1년이 지나면 1학년 수료 심사가 있다. 이 심사는 각자가 5미터 정도의 벽면에 자기 작품을 전시하면 몇몇 교수가 그 작품을 보면서 2학년 진급 여부를 심사하는 것인데, 심사의 포인트는 1년 동안 얼마나 발전했느냐에 있었다. 아무리 작품이 멋있어도 입학 때와 비교해 별 발전이 없으면 떨어지고, 작품의 수준은 그만저만해도 발전이 있으면 합격이다. 나는 무사히 합격! 교수 두 명이 나에게 그들의 클래스에 들어올 것을 권했다. 이 학교에서는 클래스(스튜디오)를 담당하는 각 교수 밑에 학년에 관계없이 학생들이 모여 작품을 제작한다. 전공이 서로 다른 다양한 학생들이 사이좋게 지내던 1학년 때와 달리 각 스튜디오에는 내일의 아티스트를 지향하면서 모두들 작품에 몰두하는 열기가 넘쳤다.

전문적으로 예술을 논하기에는 말이 딸리는 나는 좀처럼 클래스에 융화하지 못했다. 그러나 제대로 표현을 못한다고 해서 아무 생각도 없는 것은 아니었다. 웃고 떠들고 농담하는 수준의 언어는 구사할 수 있는데, 자신의 의사를 논리적으로 내세우고 토론하는 데는 서툴렀다. 토론 시간이 되면 얘기하고 싶은 마음은 있지만 아무 말도 못한 채 방구석에 내버려진 고양이처럼 움츠리고 있었다. 나는 그 딜레마 때문

다락방

에 더욱 작품에 몰두했다. 작품 자체가 대화의 창구가 되리라는 믿음으로.

그런 학교생활은 히로사키에서 지냈던 나의 어린 시절을 상기시켰다. 늘 혼자 그림에만 열중했던 나, 그린 그림을 타인에게 보여주면서 내 존재의 의미를 확인했던 어린 시절. 외국에서 말이 통하지 않아 괴로워하면서도 인간이 서로 소통할 수 있는 기본적인 것(내게는 당연히 그림이었죠.)을 무기로 대화하는 지금과 과거의 유사성을 생각하면 나는 내 그림의 원점이 어디에 있는지 알 것 같은 기분이 들었다. 그리고 어둠침침한 구름에 뒤덮인 추운 겨울, 독일의 겨울 하늘은 그야말로 내 어린 시절 히로사키의 하늘이었다. 그것은 잊고 있었던 가치관을 뜻하지 않은 곳에서 되찾은 듯한 발견이었다.

추억 어린 다락방에서 2년을 산 나는 집세가 더 싼 학생 기숙사로 이사했다. 그 기숙사는 기독교 단체가 운영하는 곳으로 월세가 겨우 1만 5천 엔이었다. 독일인 학생은 물론 동구와 베트남에서 온 학생들도 많았는데, 베트남 학생들은 모두 보트 피플이었다. 모두들 학교도 전공도 서로 달랐지만, 베트남 학생들은 주로 졸업하면 곧바로 취직할 수 있는 전기기사 양성 학교에 다녔다. 그들과 얘기를 나누다 보면 베트남 전쟁의 참상이 현실감 있게 다가왔다. 독일이란 나라에서 이렇게 베트남 전쟁을 실제로 경험한 사람들과 만나리라고는 꿈에도 생각지 못했다. 그들은 베트남 사람들끼리 모이곤 했는데, 같은 아시아 사람이라 그런지 나도 곧잘 끼워 주었다. 그 가운데는 전시에 미군의 나팜탄에 맞아 SF 영화에 나오는 괴물처럼 얼굴이 찌그러진 사람도 있었다. 그의 얼굴을 처음 보았을 때, 정말 괴물 가면을 쓰고 있는 줄 알았을 정도였다. 솔직히 말하면, 그렇게 생각할 수 있어서 오히려 침착하게 그 얼굴을 직시할 수 있었다.

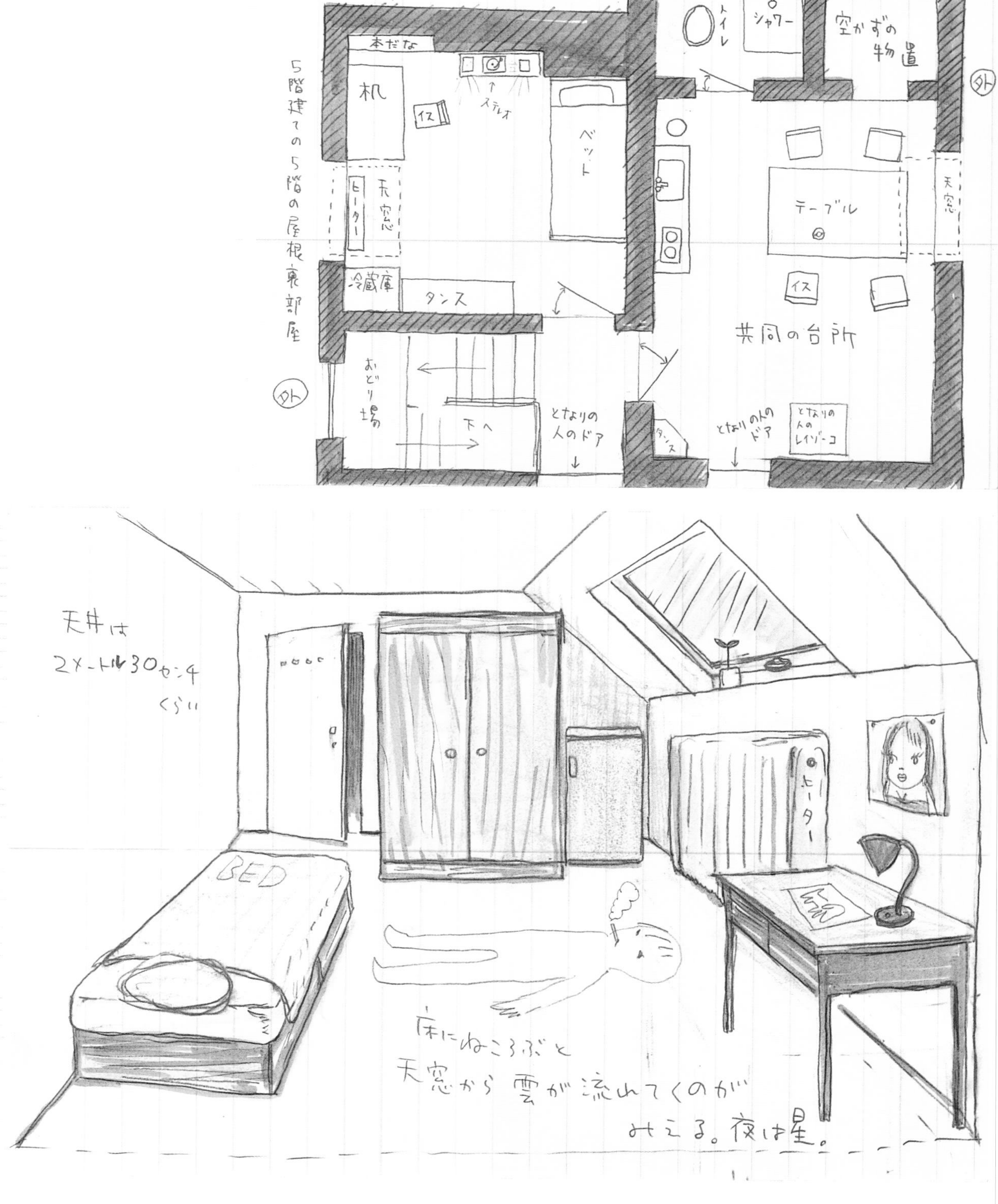

5階建ての5階の屋根裏部屋
本だな
机
イス
ステレオ
ベット
ヒーター
天窓
冷蔵庫
タンス
おどり場
下へ
外
となりの人のドア
トイレ
シャワー
空かずの物置
外
テーブル
天窓
イス
共同の台所
タンス
となりの人のドア
となりの人のレイゾーコ
天井は
2メートル30センチ
くらい
BED
ヒーター
床にねころぶと
天窓から雲が流れてくのが
みえる。夜は星。

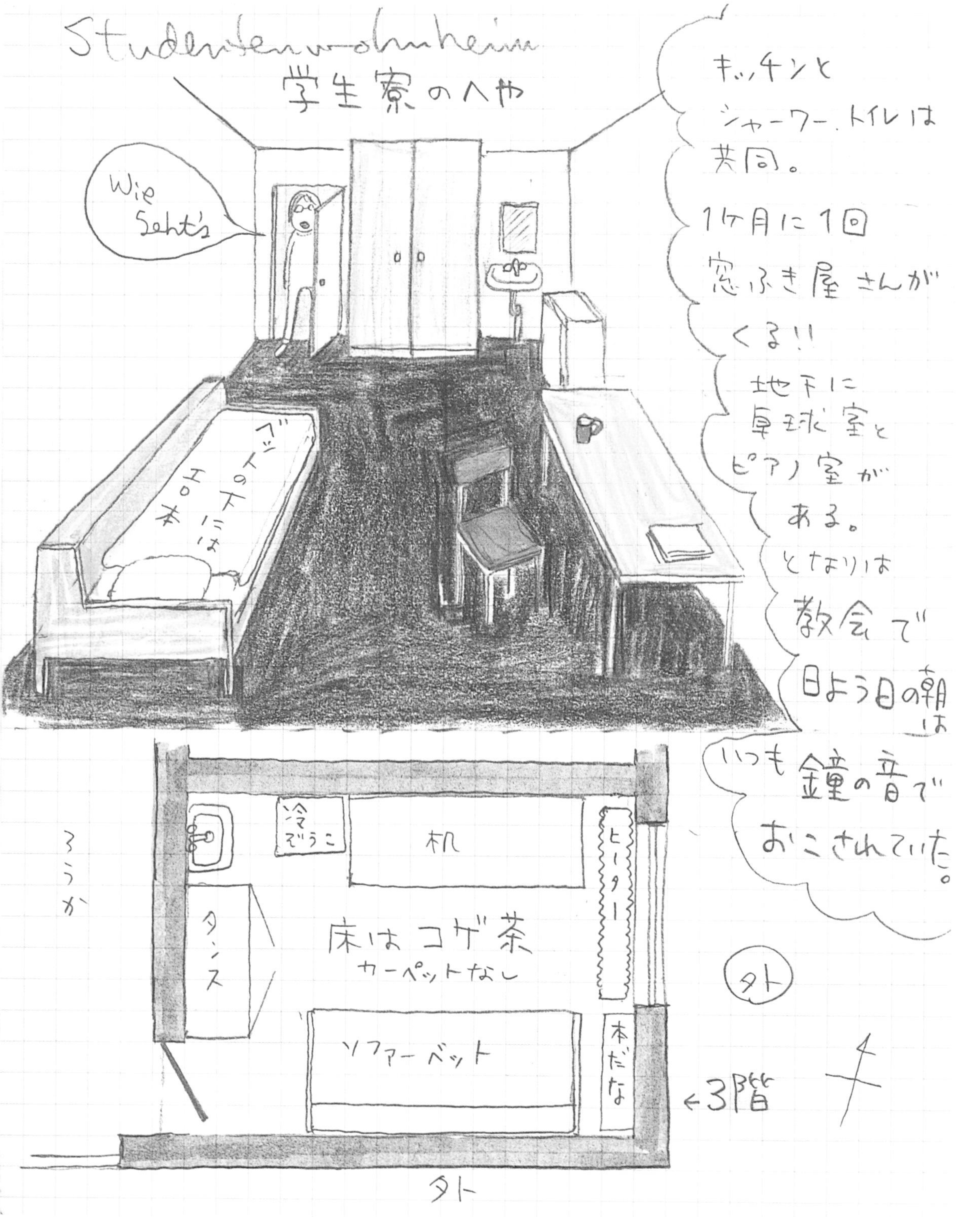
Studentenwohnheim
学生寮のへや
Wie geht's
ベッドの下には古本
キッチンとシャワー、トイレは共同。
1ケ月に1回窓ふき屋さんがくる!!
地下に卓球室とピアノ室がある。
となりは教会で日よう日の朝はいつも鐘の音でおこされていた。
ろうか
冷ぞうこ
机
ヒーター
タンス
床はコゲ茶
カーペットなし
ソファーベット
本だな
外
←3階
外

그는 독일 자동차 회사에서 영업을 담당하고 있었는데, 영업 사원은 손님에게 좋은 인상을 주어야 한다는 고정 관념이 철저한 일본 회사였다면 설령 사원으로 뽑았다 해도 영업을 시키지는 않았을 것이다. 그들과 얘기하면서 예전에 내가 보았던 베트남 전쟁 당시의 유명한 사진(나팜탄을 등에 맞아 두 팔을 들고 울부짖는 소녀의 사진) 속의 소녀가 지금 어떻게 지내고 있는지도 알았다. 그 소녀는 독일로 호송되어 피부 이식 수술을 받은 후 회복, 자신도 의사가 되어 사람들을 돕겠다는 이상을 품었지만 의사 대신 간호사가 되어 병원에서 일하고 있다고 했다. 그런데 "그 소녀가 맞은 곳은 등이었지만, 나와 내 여동생이 맞은 곳은 얼굴이었다. 그리고 살아남은 사람은 우리 형제뿐, 부모와 다른 형제는 모두 죽었다"는 그의 말에 나는 아무 대꾸도 할 수 없었다. 그런데도 그는 허물없이 웃었다.

나는 학생 기숙사에 있는 동안 그곳에서 알게 된 헝가리 친구가 고향에 갈 때 덩달아 헝가리에 가기도 하고, 폴란드 친구와 함께 폴란드를 돌아다니기도 했다. 그런 여행들이 외국인 혼자서는 경험할 수 없는 풍성한 여행이었음은 말할 필요도 없다. 나는 지금도 그런 기회를 내게 선사해 준 학생 기숙사와 그들에게 감사하고 있다.

아 참, 마르크스! 그는 전자 공학을 공부하는 독일 친구였는데, 우리 둘 다 음악을 좋아해서 유명무명을 불문하고 온갖 라이브에 쫓아다녔다. 둘이서 자전거를 타고 야영을 하면서 보헤미아 산맥을 넘어 체코의 프라하까지 간 적도 있다. 산 속 조그만 마을에서는 동양인을 처음 보는 아이들에게 "와우, 브루스 리!"라며 대환영을 받고 사인 공세에 시달리는 바람에 나는 '이소룡'이란 한자를 마구 갈겨댔다. 그 자전거 여행만 가지고도 책 한 권을 쓸 수 있을 것 같다.(물론 쓰지는 않겠지만)

안네테는 지금 도큐멘타의 도시 카셀에서 국립극장의 무대 미술 감독으로 일하고 있다. 하이케는 로스앤젤레스에서 미술 선생을 하고 있고(훗날 로스앤젤레스에서

만났다.) 이소미는 서울에 있는 미대의 교수가 되었고, 김남진은 부산 현대 미술의 중심 인물이 되었다. 그들은 지금도 나를 옛날과 변함 없이 대해 주고 있다. 감동, 감동. 그리고 마르크스는 나란 일본 사람을 만난 인연이었는지 일본 자본의 유명 전기 회사에 취직, 오사카에서 몇 년 근무를 하더니 일본말도 유창하게 한다. 지금은 그 회사의 독일 지사에 있다.

학생 기숙사에서 생활한 지 2년째, 나는 학교 선생님이 몇몇 학생들을 위해 사비를 털어 마련해 준 스튜디오로 이사를 했다. 기숙사에는 2년밖에 있을 수 없다는 규칙 때문이었다. 그런데 그 스튜디오는 도시 한가운데 있어서 화구점도 가깝고, 무엇보다 레코드 가게 바로 옆이었다. 사방 4미터밖에 안 되는 조그만 방이었지만 처음으로 내 전용 스튜디오가 생겼다는 그 기쁨, 말로 할 수 없었지요. 점심때만 학교 식당에서 밥을 먹고, 나머지 시간은 거의 내 스튜디오에서 그림을 그리며 지냈다. 그때 독일에 온 이후 처음으로 전화를 놓았다. 믿기 어렵겠지만, 줄곧 전화 하나 없이 살았다. 그때까지는 동전을 움켜쥐고 공중전화 부스를 찾아 이리저리 뛰어다녔다. 5마르크(당시 350엔. 당시 유럽은 아직 화폐가 통일되지 않은 상태였다.)로 1분 동안 일본에 있는 사람과 통화할 수 있었다. 아무튼 그때까지 일본과의 연락 수단은 전화가 아니라 주로 편지였는데, 과거 학원에서 내게 배운 학생들이 산더미처럼 많은 편지를 보내주어 외롭고 괴로울 때마다 큰 힘이 되었다.

학교에서는 1년에 한 번 전 학생이 참가하는 학생 전시회를 연다. 그때는 학내가 거짓말처럼 말끔해지고, 각 스튜디오가 마치 갤러리로 보일 만큼 다양한 작품(학생들이 저마다 최고의 작품을 내놓는다.)이 전시된다. 그리고 뒤셀도르프의 시민과 풋내기 아티스트를 점찍으려는 화랑 주인들(독일뿐만 아니라 이웃 나라에서도)이 전시를 구경하러 온다. 학생들은 전시실에 끼리끼리 모여 어슬렁거리면서 화랑 주

5×5mもない部屋。
ここで初めて電話をつけた。

1988-1994 도시 : 뒤셀도르프
나라 : 독일

인이 나타나 주기를 기다린다. 이 전시회에서 나는 첫 해에는 암스테르담, 두 번째 해에는 쾨른의 갤러리에서 전시회 의뢰를 받았다. 특히 쾨른의 갤러리는 국제적인 작가를 취급하는 유명한 곳으로 학생들의 선망의 대상이었다. 그런 갤러리에서 오퍼를 받았으니, '그 유명한 갤러리하고 이름이 좀 비슷한 것 같은데' 하고 믿을 수 없어 어리둥절할 뿐이었다. 사실 나는 전시회장에 있기가 싫어서 늘 밖에 나가 안네테나 하이케와 맥주를 마시곤 했다. 그래서 두 번 다 친구들이 찾아와 알려주었는데, 그들은 아주 분하다는 표정이면서도 맥주를 추가 주문하여 축하해 주었다.

생활 자체가 불안정한 외국에 살면서 나의 그림은 큰 변화를 겪었다. 기본적으로는 일본에서 그렸던 '아이들' 이나 '동물' 모티프를 벗어나지 않았지만, 이전에는 배경에 풍경 등을 그려 보는 이에게 설명하려 한 데 반해 독일에 온 뒤부터는 보는 이를 의식하지 않고 내게 소중하고 중요한 것만 그렸다. 그래서 밋밋한 색상의 배경에 아이나 동물만 부각되는 그림이 되었다. 그 '아이들' 이나 '동물' 은 결국 나 자신의 분신이기도 한데, 설명적인 배경 처리가 없어졌다는 것은 일본이란 정들고 낯익은 장소를 떠남으로써 그 장소에서 나를 따라다니던 것들로부터 해방되었음을 뜻하는지도 모르겠다. 그 그림은 타인과 마주하기보다는 나 자신과 마주하여 태어난 것들이었다. 다른 사람이 이렇게 이미지해 주었으면 하고 바란 내가 아니라, 있는 그대로의 나 자신과의 대화를 통해서 태어난 그림이다.

실은 독일에 온 후 일기를 쓰기 시작했다. 처음에는 이국 사회에서 내가 어떤 식으로 받아들여질지, 일상의 모양은 어떤지를 중심으로 썼는데 점점 작품 제작을 하면서 품은 의문이나 갈등, 그리고 나 자신에 대한 물음을 적어 나가는 일이 많아졌다. 일본인으로 일본에서 사는 온실 같은 상태에서 벗어나자 필연적으로 자신과의 대화가 깊어진 것이라고 생각한다.

Heiligen schein

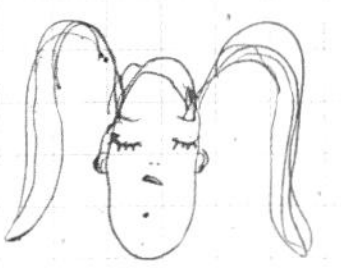

大きくなく
小さくなく
僕の心の
想い出でもなく
生きていることの
証明として
そして 力として

Künstlerbedarf boesner GmbH
Girlitzweg 30 50829 Köln
Telefon 0221-94977711 Telefax 0221-94977744
Anz. Datum Preis DM Pf
16.6.95
% Mehrwertsteuer enthalten.
Bei Irrtümern oder Umtausch bitte diesen Zettel vorlegen.
Bei Irrtum oder Umtausch bitte diesen Zettel innerhalb 8 Tagen vorlegen.
35-004175
-000294
In diesen Betrag sind DM
216·32
153·00
16·43
390·75
453·27
444·20
Anz. Datum 16.10.95
13,32m an Keilrahmen (4,5cm)
1 Block
1 Edding 1200
1 1800
1 Liquitex 60ml S.1
+15% Mwst

스튜디오의 창문에서

쾰른, 1994년~2000년

1994년, 나는 뒤셀도르프 예술 아카데미를 졸업하면서 즐거웠던 학교 생활에 안녕을 고했다. 그런데 졸업식에 지각하는 바람에 졸업장을 사무실에서 받았다.(이런 상황은 처음이 아니다. 일본의 대학에서 졸업식을 할 때도 지각, 졸업장을 사무실에서 사무원에게 받았다. 그래봐야 졸업장 따위 종이쪽지에 지나지 않지만. 그래도, 음, 아무튼 좋은 추억입니다.) 아카데미를 떠나면서 매일 학교 식당에서 만났던 친구들과도 만날 수 없게 되었다. 기숙사에서 기마 놀이를 했던 친구들도 모두 제 갈 길로 흩어졌다.

나는 그 해, 정든 뒤셀도르프를 떠나 쾰른으로 이사했다. 학생 시절에 나를 스카우트한 쾰른의 갤러리가 그곳에다 이상적인 스튜디오를 찾아주었기 때문이다. 가난한 외국인인 내가 혼자 힘으로 그런 스튜디오를 찾아내는 것은 힘든 일이니 이사할 수밖에 없었다. 쾰른 교외, 원래 공장이었던 건물 안에 있는 스튜디오는 바로 근처에 넓은 공원이 있고, 화구점도 자전거를 타고 가면 5분 거리에 있었다.

하지만 살기에는 정말 최악의 장소였다. 물론 15m×10m의 넓이에 천장 높이 4.5m, 스튜디오로서는 최고였지만 목욕탕은커녕 샤워 시설조차 없었다. 게다가 자폐증에 짜증만 내는 미국인 아티스트(나보다 열 살 많은) 댄 애셔가 옆 스튜디오에 있었다. 나는 이 댄 애셔를 존경의 뜻을 담아 댄 선생이라고 불렀는데, 정리정돈을 할 줄 몰라 일상 생활에는 믿기 어려울 정도로 부적합한 사람이었다. 그러나 아티스트로서는 굉장한 사람이었고 그의 작품은 나를 전율케 했다. 그의 작품은 사진, 드

天井はけっこう高くて 4.5メートル。

ケルンのスタジオ兼住居。

どこの部屋も(日本もドイツも)床はみえない程汚

描かないけど

描けない

댄 선생
©Simon Vogal

로잉, 회화, 조각 등 폭이 넓었다. 특히 초기의 사진 작품은 70년대 후반 뉴욕의 주요 음악 장면을 포착한 것으로, 젊은 날의 루 리드(Lou Reed), 패티 스미스(Patti Smith), 토킹 헤즈(talking heads), 데이비드 번을 비롯해서 지금은 죽고 없는 밥 머레이까지 생생하게 찍혀 있다.

실은 댄 선생과 부엌이랄까, 싱크대를 공동으로 사용했는데(그 싱크대가 내 스튜디오에 있었답니다.) 댄 선생은 그 싱크대에서 하반신을 씻었다.(큭큭!) 덕분에 작품을 제작 하던 중에 선생의 알몸을 얼마나 많이 보았는지 헤아릴 수도 없다. 나는 동네 수영장에 다니면서 수영장의 샤워 룸을 애용했다. 물론 선생과 나는 영어로 대화를 나누었는데, 독일어에 익숙해진 나는 그게 또 여간 곤욕스럽지 않았다.

결국 그 공간이 나 혼자 쓰기에는 너무 넓어, 일본의 도쿄 예대에서 유학한 경험이 있는 찰리 워젠이란 미국인 아티스트에게 3분의 1을 빌려주었다. 찰리는 부인이 일본 사람이라서 일본말에 능숙했다. 그와 일본말로 얘기하면서 댄 선생에게서 받는 스트레스의 나날에서 조금이나마 해방되었다. 하지만 댄 선생과 찰리 덕분에 영어 실력이 몰라보게 좋아진 것은 사실이다. 그리고 어떤 의미에서는 또다시 고독한 상황에 놓인 나는 작품에 집중하지 않을 수 없었다.(간혹 찰리와 둘이서 댄 선생의 스튜디오를 정리해야 했지만)

댄 선생의 스튜디오

쾨른에서의 시간은 천천히 흘렀고, 나는 댄 선생과 찰리와 함께 작품 제작에 몰두했다. 아카데미에서 정신적인 기초가 형성되었다면 쾨른의 이 스튜디오에서는 실천적인 성과를 거두었다. 댄 선생은 늘 온 세계를 돌아다녔고(때로는 남극까지), 찰리는 저녁이 되면 집으로 돌아갔기 때문에 나는 늦은 밤까지 오디오를 방방 틀어놓고 작품에 열을 올렸다. 그리고 필요한 때면 그들은 내 곁에서 도움말을 주었다. 학교에 다니면서 아티스트를 꿈꾸는 학생들과의 대화와 달리 그들과의 대화에는 현실감이 넘쳤고, 나는 이 세계에서 살아남기가 여간 힘든 일이 아니라는 것을 실감했다. 내가 두 발을 들여놓은 예술 세계의 현실은 머릿속으로만 그리던 것과는 아주 달랐지만, 나는 나도 모르게 되돌아갈 수 없는 곳까지 와 있었다.

이 쾨른 시절에 제작한 작품을 일본과 독일은 물론 로스앤젤레스와 뉴욕, 그리고 런던에서도 발표할 기회를 얻었으니 댄 선생과 찰리에게 고마워해야 할 것이다. 어떤 상황에 있든지 그림을 그릴 수 있는 공간이 확보되었다는 것, 그리고 내 작품에 대해 댄 선생과 찰리 같은 사람이 적절한 충고를 해주었다는 것, 그 모든 것이 어우러져 오늘의 나를 있게 했다.

또 이때부터 일본과 독일을 오가게 되는데, 쾨른에서는 그림을 그리고 일본에서는 입체를 제작했다. 일본에서는 내가 옛날에 가르쳤던 모리기타 군의 나고야 아틀리에에서 그의 도움을 받아 거대한 개를 제작했다. 이 작품은 나로서는 처음 제작하는 대형 작품(물론 모리기타 군에게도)이었다. 그의 아틀리에가 넓어서 완성한 것까지는 좋았는데, 너무 커서 밖으로 운반할 수 없어 한가운데를 절단했다. 아무튼 입체 작품은 혼자서 제작하기가 벅차서 늘 옛 제자들의 도움을 받았는데도 처음 시도하는 소재가 많아 나나 그들이나 시행착오의 연속이었다.

1995년 봄, 원래 대중목욕탕이었던 곳을 개조한 도쿄의 SCAI THE BATHHOUSE 란 갤러리에서 쾨른에서 그린 그림과 함께 그 개를 발표했다. 나는 이 개인전의 타이틀을 《in the deepest puddle/깊고 깊은 웅덩이》로 정했다.

나의 본격적인 도쿄 데뷔전이 된 《깊고 깊은 웅덩이》는 정보지에도 크게 소개되어 많은 사람들이 보러 와 주었고 전문가들도 좋게 평가해 주었다. 그리고 로스앤젤레스의 갤러리스트의 눈에 띄어 로스앤젤레스에서 개인전을 갖게 되었다.

König-Pilsener
MILKA
H-VOLLMILCH

So You Better Hold On.

1994-2000 도시 : 쾨른
나라 : 독일

로스앤젤레스의 개인전을 위해 나는 처음 미국 땅을 밟았다. 일본에 있을 때부터 유럽은 몇 번이나 오갔는데 미국이 처음이라는 것은 내가 생각해도 신기한 일이다. 공항에 도착한 순간 캘리포니아의 파란 하늘과 건조한 공기에 나는 십대에 들었던 베이 에리어 사운드를 떠올리고는 감격했다.(옛날에, 수입 LP의 비닐 포장을 뜯으면서 아, 미국의 공기다! 하면서 킁킁 레코드의 냄새를 맡았답니다.)

갤러리에 그림을 전시하다가 좀 큰 그림이 한 장 있으면 싶어서 화구점에 캔버스를 사러 갔는데, 산 캔버스가 너무 커서 차에 들어가지 않아 지붕에 싣고 창문으로 손을 내밀어 잡고 온 일이 있다. 이 광경, 지금 생각하면 정말 재미있다. 나는 갤러리에서 먹고 자고 하면서 그림을 완성했다. 어디서든 혼자만의 공간이 있으면 그림을 그릴 수 있었고, 아무도 없는 갤러리에서 록 음악을 방방 울리면서 그림을 그리는 건 역시 즐거운 일이었다.

미국에서의 첫 개인전, 확실한 반응이 있었다. 『로스앤젤레스 타임스』와 미술 잡지에서 호의적인 리뷰를 실어 주었고, 무엇보다 보러 온 사람들이 좋았다는 감상을 들려주었다. 보헤미안으로 살아온 나는 이러한 일련의 일들을 통해 그림을 그려 세상에 발표하는 것이 곧 사회와 관계하는 것임을 배웠다. 즉, 프로페셔널이 되는 것인데 당시는 그에 부수되는 어떤 일이 있는지 미처 생각할 여유가 없었다. 또 호의적으로 봐주는 사람이 있다는 것은 반대로 부정적으로 보는 사람도 있다는 뜻이기도 한데, 하여간 내가 신인이라 그런지 모두들 좋게만 받아들여 주었던 것 같다.

1997년 어느 날, 일본 가도카와 서점의 젊은 편집자로부터 '화집을 만들고 싶다'는 연락을 받았다. 기쁜 제안이 아닐 수 없었다. 나는 당장 아이치 대학의 후배로 디자인 사무소를 운영하는 야마모토 마고토에게 연락을 취해 그에게 레이아웃을 부탁

DON'T
WORRY.
I'M
YOUR
FAN.
NO
REASON
WHY.

1994-2000 도시 : 쾨른
나라 : 독일

했다. 나를 잘 아는 친구가 맡아주면 마음도 든든하고, 내가 생각한 것보다 좋은 화집을 만들어 줄 것이라는 믿음에서였다.

그렇게 내 첫 작품집이 출판되었는데, 제목은 첫 개인전의 타이틀 『깊고 깊은 웅덩이』를 그대로 사용했다. 책의 띠지에는 요시모토 바나나 씨의 글을 실었다.(나는 현대 작가 중에서는 유일하게 그녀의 모든 작품집을 갖고 있다.)

그 후, 기꺼이 띠지의 글을 써준 요시모토 바나나 씨를 도쿄에서 가진 개인전에서 처음 만났는데, 첫 인상이 '고등학교 시절 같은 반 친구에 취미도 비슷해서 친하고 싶었지만 너무 의식한 나머지 말도 제대로 못 붙인 여학생' 같았다. 첫 대면에서는 긴장한 탓에 말도 제대로 못했다.(하지만 지금은 태연하게 속내까지 털어놓는답니다.) 그 후 『데이지의 인생』과 『아르헨티나 아줌마』 등의 공동 작업을 하게 될 줄은 꿈에도 몰랐다.

그리고 역시 가도카와 서점에서 잡지에 글을 연재하지 않겠느냐는 제의가 있어 시노하라 도모에 씨를 만나 둘이서 교환 일기란 것을 쓰게 되었다.(아, 부끄럽군요.) 덩달아 과거 내가 가르친 학생들의 편지에 섞여 내 글을 읽은 독자들의 편지도 출판사를 통해 날아들기 시작했다. 그 전까지 실제로 아는 사람이 아니면 작품에 관한 얘기를 들을 수 없었던 나는 만난 적도 없는 그들이 독일에 있는 내게 보내준 편지에 처음에는 몹시 놀랐다. 하지만 한편 그 편지들은 내게 어떤 유의 의욕을 선사해 주었고, 그들의 진지한 감상이 큰 힘이 되기도 했다. 그렇게 변하지 않는 내가 존재하는 동시에 나를 둘러싼 상황은 확실하게 변화해 갔다.

그 후 소설가, 학자, 뮤지션, 배우에 영화감독, 아티스트들과 만날 기회가 많아졌다. 문학과 록을 좋아해서 시인과 뮤지션을 동경하기는 했지만 실제로 그런 사람들과 만날 수 있으리라고는 생각지도 못했다. 그러나 지금은 미술을 계속한 덕분에 다양한 직종의 프로들과 만날 수 있게 된 것이라고 수긍하고 있다.

Happy Fuckin' Year!

U.S. BOMBS

© + ℗ 1997 HELLCAT RECORDS 2798 SUNSET

GUTTERMOUTH THE VANDALS

THE OFFSPRING AFI RKL

SOCIAL DISTORTION SNFU SNUF

PENNYWISE RANCID NOFX

TOTAL CHAOS DOWN BY LAW

BAD RELIGION

THE LIVINGEND — From AUSTRALIA

1988년~2000년에 주로 돌었던 CD

CARTER THE USM/SUPER CHUNK/NOFX AND FAT WRECK CHORDS LEBEL'S/BAD RELIGION/THE OFFSPRING/RANCID/ALANIS MORISSETTE/BLUR/PEARL JAM/SMASHING PUMPKINS/THE BEASTIE BOYS/네네즈/P.J.HARVEY/BECK/기타 울프/OASIS/THE CHEMICAL BROTHERS/GOLDIE/PUFFY/THE FLAMING LIPS/PRODIGY/YO LA TENGO/RADIOHEAD/TORTOISE/STEREOLAB/나카무라 카즈요시/ THEE MICHELLE GUN ELEPHANT/EASTERN YOUTH/고지마 마유미/EELS

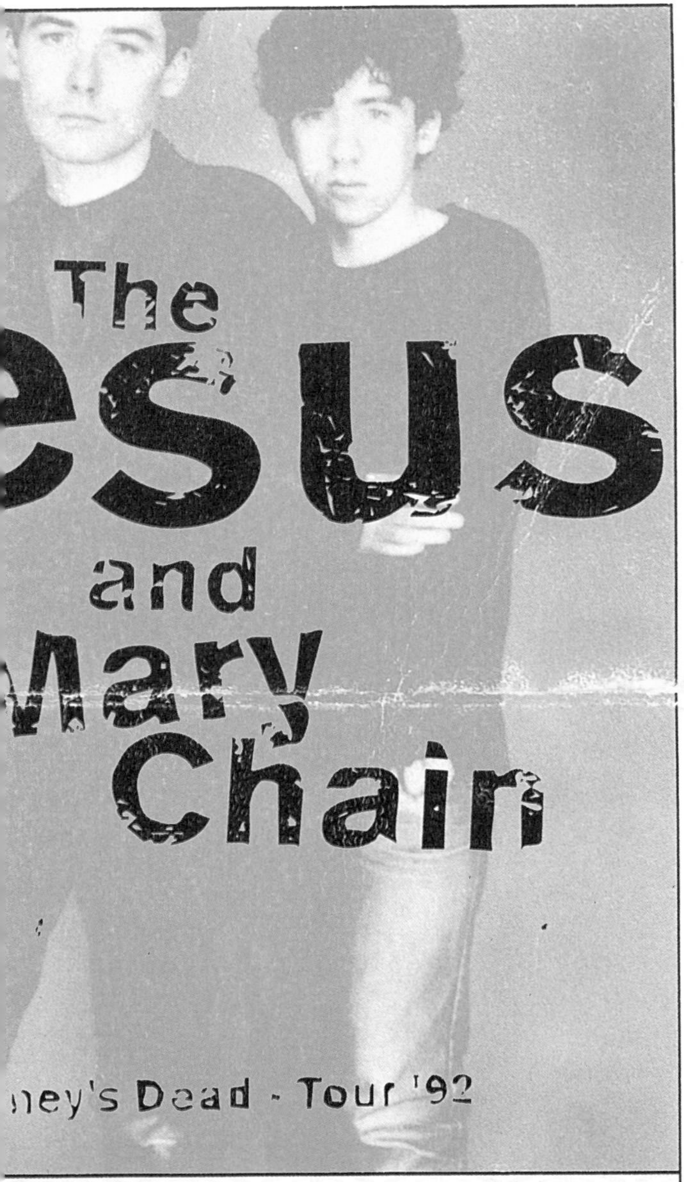

The
esus
and
Mary
Chain

ney's Dead - Tour '92

inlaß: 19.00 Uhr, Beginn: 20.00 Uhr
TOR 3
K-Gebühr incl. 7% MwSt.
MwSt.

gen des Veranstalters

№ 323

Sonntag, 3.11.91, Einlaß: 19.00 Uhr, B
DÜSSELDORF-TOR 3
VVK: 26,– DM, zzgl. VVK-Gebühr, incl. 7% MwSt.
ABK: 30,– DM, incl. 7% MwSt.
Cooperation: CTD GmbH

Allg. Geschäftsbedingungen des Veranstalters siehe Rückseite.

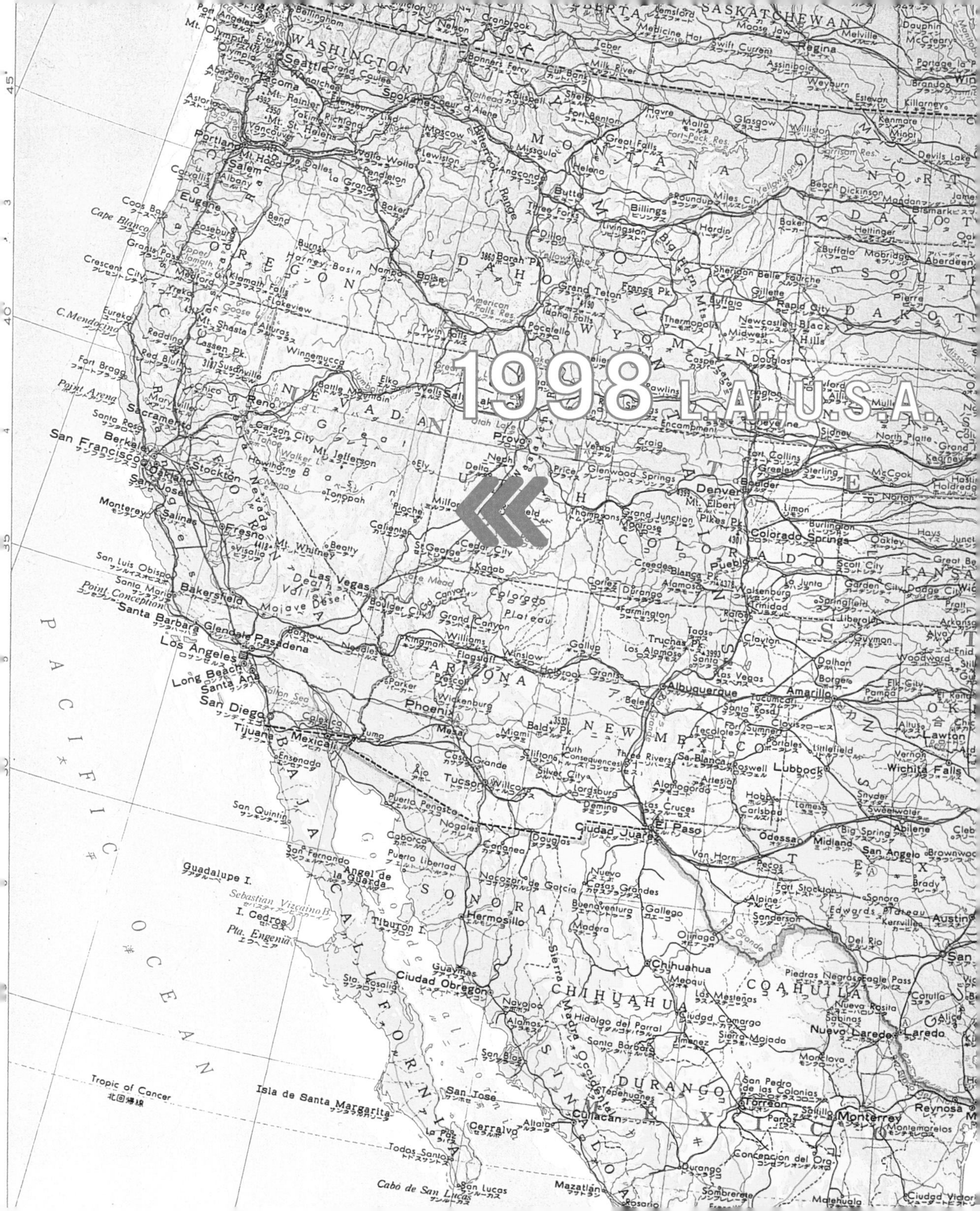
1998 L.A.U.S.A.
WASHINGTON
OREGON
IDAHO
MONTANA
NEVADA
UTAH
WYOMING
COLORADO
ARIZONA
NEW MEXICO
TEXAS
SONORA
CHIHUAHUA
COAHUILA
DURANGO
SINALOA
BAJA CALIFORNIA
PACIFIC OCEAN
SASKATCHEWAN
Tropic of Cancer
Seattle
Portland
San Francisco
Los Angeles
San Diego
Las Vegas
Phoenix
Tucson
Albuquerque
Denver
El Paso
Ciudad Juarez
Chihuahua
Hermosillo
Monterrey

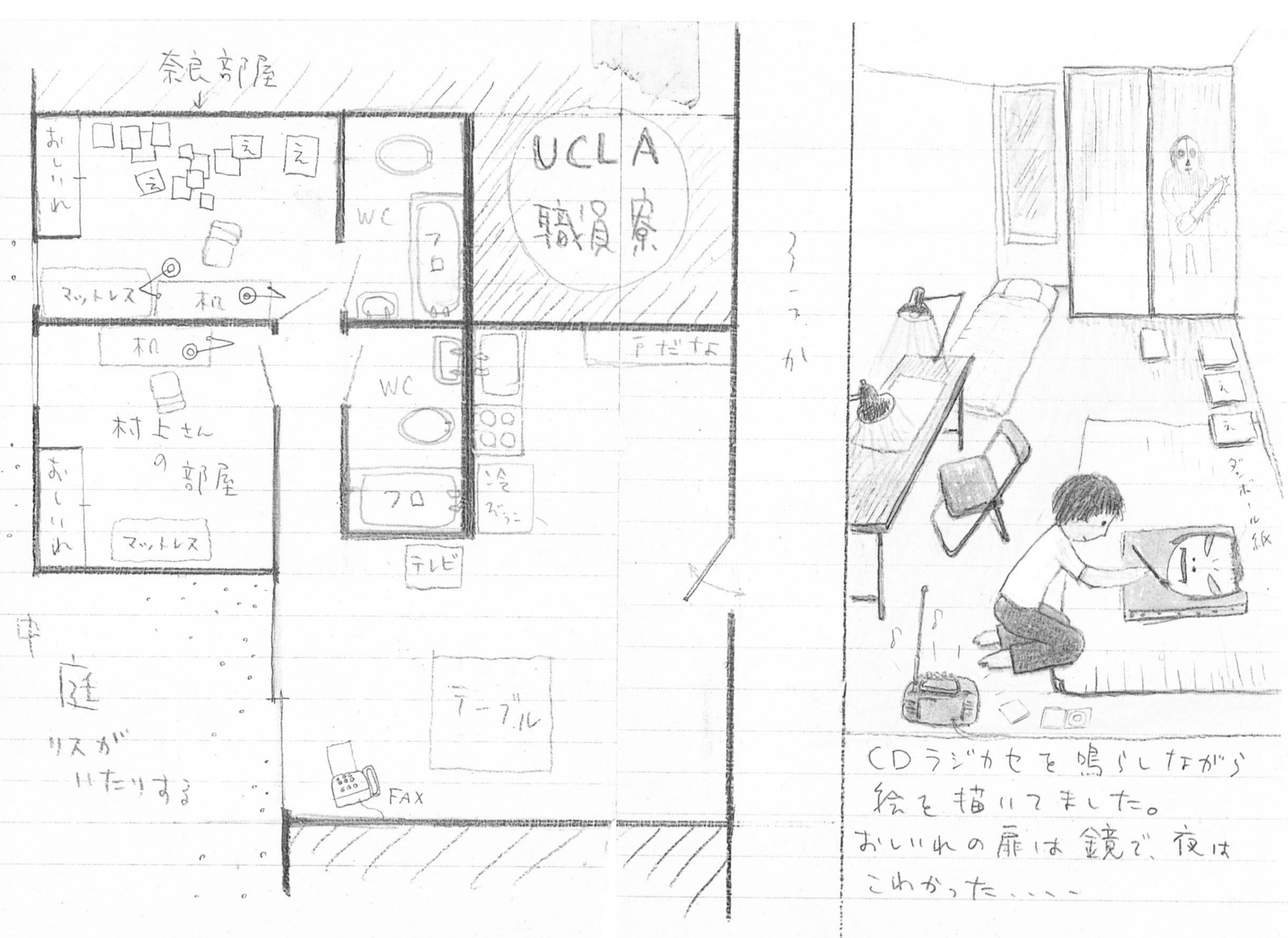

奈良部屋
おしいれ
え
え
え
え
マットレス
机
机
WC
フロ
UCLA
職員寮
村上さんの部屋
おしいれ
マットレス
WC
フロ
冷ぞうこ
テレビ
戸だな
ミニマか
中庭
リスがいたりする
テーブル
FAX
ダンボール紙
え
え
CDラジカセを鳴らしながら
絵を描いてました。
おしいれの扉は鏡で、夜は
こわかった……

로스앤젤레스, 1998년 4월~6월

그것은 청천벽력처럼 갑작스럽게 찾아왔다. 로스앤젤레스에 있는 캘리포니아 대학(통칭 UCLA)에서 강의를 해달라는 의뢰가 들어온 것이다. 실은 그 의뢰가 있기 전에 나는 어떤 단체에 UCLA 대학원에 유학하고 싶다고 응모했는데 답변은 NO였다. 그래서 약간 낙담한 상태였는데, 마침 그런 때 강의 의뢰라니. 게다가 가르치는 대상이 대학원생이고, 기간은 한 학기인 3개월간. 물론 OK라는 답변을 보냈는데, 보낸 후에야……, '로스앤젤레스는 미국 땅, 일상적인 대화라면 몰라도 영어로 가르치는 건 어쩐지 좀' 하는 생각이 들었다. 그런 나의 심중은 모르고 시간은 무심히 흘렀고, 나는 불안한 마음으로 로스앤젤레스로 향했다.

내가 로스앤젤레스에서 3개월 동안 머물게 된 곳은 대학 바로 옆에 있는 직원 기숙사였다. 마당에 간혹 다람쥐가 찾아오는 그곳에서 나는 일본에서 UCLA로 초빙된 다른 한 명의 아티스트인 무라카미 다카시 씨와 둘이서 공동 생활을 시작했다. 지금은 사이가 좋지만, 당시는 전시회 같은 곳에서 만나면 잠깐 얘기를 나누는 정도의 친분밖에 없는 데다 처음 경험하는 공동 생활이라 긴장감이 맴돌았다. 하지만 매일 얘기를 나누며 지내다 보니 어느새 사이좋은 친구가 되고 말았다.

우리의 생활은 아주 대조적이었다. 학부에서 미디어 론을 담당하는 무라카미 씨는 많은 학생을 대상으로 강의하기 때문에 사전 준비도 많았고, 그의 제작을 돕는 일본의 스태프와도 전화나 메일로 매일 연락을 주고받는 등 분주했다. 하지만 나는 개개인을 상대로 면접을 하듯 강의하는 대학원 강의였기 때문에 이렇다 할 사전 준비가 필요 없었고, 그 자리에서 각자의 작품에 의견을 제시하거나 잡담을 하는 정도

1998 도시 : 로스앤젤레스
나라 : 미국

였다. 나머지 시간에는 레코드 가게를 찾아다니고 그림을 그리면서 느긋하게 지냈다. 다만 많은 학생을 가르치는 무라카미 씨에게는 통역이 따로 있고 학생 중에도 일본인이 있었지만, 내 강의에는 일본 학생도 없고 통역도 따로 없어서, 영어에 대한 압박감이 매우 컸다. 그런데도 내 쪽이 편하기는 편한 터라, 일본 사람이 경영하는 비디오 대여점에서 일본 영화를 빌려와 열심히 보면서, "이 영화 – 예를 들면 〈20세기 노스탤지어〉 같은 – 엄청 좋아, 빨리 와서 봐!"라고 무라카미 씨를 거실로 끌어내 하던 일을 방해했다. 더구나 같은 장면을 몇 번이나 재생해 가면서 "이 장면 정말 좋지!"하고 강제로 보여 주었다. "무라카미 씨, 그때는 미안했어요."

UCLA의 학생 식당에 튀김 덮밥 같은 일본식이 있어(물론 젓가락도) 놀라웠다. 일본인 유학생이나 일본계가 많아서가 아니라 캘리포니아란 도시에 일본식이 아주 자연스럽게 자리하고 있기 때문이었다. 어느 슈퍼마켓에 가든 두부나 간장이 반드시 있었고, 팩에 포장된 초밥도 팔았다. 건강을 중요시하는 캘리포니아라 그런지 쌀밥으로 만든 초밥뿐만 아니라 현미 초밥까지 팔았다. 초밥집도 일본의 거리에서 라면집을 보듯 흔히 볼 수 있었고, 더욱 놀라운 것은 캘리포니아 사람들이 젓가락을 자유자재로 사용한다는 것이었다.

하지만 초밥을 간장에 푹 찍어 먹는 모습은 역시 어색했다. 아무튼 캘리포니아는 인구의 절반 이상이 백인이 아닌 사람들이었고, 아시아인은 물론 중남미 사람들의 생활 문화까지 공존하고 있었다. 그곳은 다양한 문화가 좋은 의미로 해석되고 서로 뒤섞이면서 발전할 수 있는 풍토를 갖추고 있었다. 60년대의 히피 무브먼트에서 우먼 리브에 게이와 레즈, 그리고 스케이트 보드 같은 서브 컬처가 탄생한 곳. 그런 캘리포니아가 나 역시 관대하게 받아들여주었다고 생각한다.

로스앤젤레스란 도시는 면적이 넓어서 이동 수단은 거의 자동차였다. 나도 중고차를 800달러에(9만 엔 정도, 싸다!) 구입했다. 시트 밖으로 스펀지가 튀어나오는

고물이었지만 자동차 한 대가 있으니 가벼운 마음으로 어디든 갈 수 있어 좋았다. 독일에서는 내내 자전거를 타고 다녔기 때문에 드라이브를 하면서 음악을 듣는 쾌감도 오랜만에 맛보았다. 라디오는 늘 록의 명곡만 들려주는 CBS 93.1 MHz와 KLOS 95.5 MHz, 그리고 펑크를 들려주는 KROQ 106.7MHz에 다이얼을 맞춰 놓았다. 괜찮다 싶은 곡이 흘러나오면 단박에 메모를 하고 레코드 가게로 달려갔다. 그리고 그 곡을 들으면서 그림을 그렸다. 배가 고파지면 한밤중이라도 차를 타고 YOSHINOYA(소고기 덮밥집으로 유명한 예의 요시노야. 시내에 백 군데나 있다!)로 달려가 소고기 덮밥을 먹었다.

내가 맡은 학생들이 대학원생이었기 때문인지, 그들은 이미 각자의 개성이 확립되어 있었다. 그래서 나의 경험에 비추어 기술적인 충고를 하면 충분했다. 하지만 나는 지금 내가 생각하는 것을 얘기하면서 오히려 그들에게서 충고를 구하기도 했다. "왜 (비밀로 지켜야 할) 테크닉이나 고민을 쉽게 털어놓느냐?"는 소리도 들었지만, 그것은 이미 그들 자신이 확고한 시점과 표현 방법을 갖고 있기 때문이었다. 그러나 이론이나 테크닉을 중시하는 나머지 자기 자신을 잃어버린 학생들도 꽤 많았다. 테크닉이나 이론은 다소 개인차는 있어도 누구든 언젠가는 습득할 수 있는 것이다. 그러나 정신은 각자가 나름의 방법으로 획득해야 하는 것이고, 그 때문에 학생인 것이다. 애당초 테크닉이나 이론은 경험이 낳고 경험의 축적으로 세련된 틀을 갖추게 된 것이므로 습득한 테크닉을 경험으로 재확인하지 않으면 아무런 의미가 없다. 내가 강사 임기를 마칠 즈음, 마침 졸업 시즌이어서 졸업 작품 전시회가 있었다. 최우수 작품으로 선정돼 기뻐하는 학생에게 폴 매커시 교수(나와 무라카미 씨를 이 학교로 부른)는 이렇게 말했다. "1등으로 졸업했다고 해서 작가가 될 수 있는 것은 아니다."

스튜디오 옥상에서 독서

그 말은 폴 매커시 교수가 다른 학생에게도 똑같이 하고 싶었던 말이었으리라고 생각한다. 학생이란 신분의 편안함 때문에 좋은 작품이 탄생하는 것도 사실이지만, 결국은 학교란 온실을 떠나 개인으로 작품을 제작하면서 비로소 길고도 끝없는 진정한 작가 생활이 시작되기 때문이다.

7월에 들어 강의는 종료되었다. 나는 그새 정든 로스앤젤레스를 떠났다. 독일로 돌아가는 날 역시 로스앤젤레스에 도착한 날만큼이나 하늘이 맑게 개었고, 태양도 반짝반짝 빛났다. 나는 몹시 아쉬워하면서 그동안 그린 그림과 함께 독일행 비행기에 올랐다. 창문으로 점점 멀어지는 로스앤젤레스의 거리를 바라보면서, 나는 이미 학생이 아니니 자기 작품에 책임을 지는 작가로 살아가야 한다는 사실을 어렴풋하게, 아니 확실하게 자각했다.

1999년~2000년, 눈 깜짝할 새 지나간 시간

로스앤젤레스에서 보낸 시간은 즐겁고 유익했다. 하지만 시간이 천천히 흐르는 쾨른으로 돌아오자 다소 안도감을 느낀 것도 사실이다. 도로 위로는 변함 없이 전철이 유유히 다니고, 댄 선생의 방 역시 어지럽기는 예전과 마찬가지였다. 로스앤젤레스에서 보낸 나날들이 꿈이었나 하고 생각하기 시작한 어느 날, 프리랜서로 수많은 아트 관계 책을 편집한 고토 시게오 씨로부터 "종이에 러프하게 그린 그림으로 책을 만들어보지 않겠느냐?"는 연락이 왔다. 다행히 로스앤젤레스에서 그린 그림이 산더미처럼 쌓여 있었기 때문에 나는 흔쾌히 그 제안을 받아들였다. 그리하여 1998년 가을에 『Slash with a Knife』란 제목으로 책이 출판되었다.

『Slash with a Knife』는 『깊고 깊은 웅덩이』가 회화 중심으로 정리한 책인데 반해

1998

도시 : 로스앤젤레스
나라 : 미국

종이에 그린 그림만으로 구성한 책인데, 국내외에서 상당한 반응을 보여 나 자신도 놀랐다. 그리고 미국과 유럽의 미술관에서도 전시회에 참가해 달라는 요청을 받아 갑자기 바빠졌다. 나로서도 믿을 수 없는 속도였지만 그려둔 작품이 많은 덕분에 별 부담 없이 작품을 계속해서 제작할 수 있었고, 밀려드는 출품 의뢰에도 그럭저럭 대응할 수 있었다.

그런데 잠깐 일본에 귀국하면 전과는 달리 취재 의뢰의 양이 장난이 아니었고, 광고에 작품을 싣게 해달라는 의뢰도 많아져 난감하기 짝이 없었다. 그래서 판매 전략의 하나로 '한 기업의 이미지를 부각시키는 데 사용하는 광고' 의뢰는 모두 거절했다. '작품' 이란 자신의 마음에서 우러나 태어난 것인데, 어떤 기업을 위해 내 분신인 작품을 제공하고 싶지 않았다. 물론 이는 나 개인의 생각일 뿐 다른 여러 견해도 있을 것이다. 그리고 어떤 방면의 프로라면 광고를 통해 성공을 거머쥘 수도 있을 테지만, 나는 그런 것을 바라지 않았다. 나는 직업으로 이 길을 선택한 것이 아니고, '삶의 방식' 으로 선택했다. 그림과 책이 팔려서 돈을 버는 것은 덤과 같은 것이다.

그러나 좋아하는 밴드가 의뢰하는 CD 제작이나 티셔츠 제작은 기꺼이 맡아 했고, 굳이 의뢰를 받지 않아도 '내가 하고 싶은 것은 한다' 는 자세를 지켰다. 솔직히 자신의 그림이 인쇄물이 되는 날을 동경하기도 했고, 지금도 광고 일을 하고 싶은 그저 단순한 마음은 있지만, 세대 교체가 심한 광고판에서 살아남을 용기도 자신도 없다. 아무튼 거기에는 진정으로 내가 하고 싶은 일이 없다. 나의 작품은 청중을 의식하고 밖을 향해 있는 것이 아니라, 싫든 좋든 자신과의 대화를 바탕으로 하고 있다. 하지만 좀더 나이를 먹으면 광고 일도 한 번 해보고는 싶다.(하기야 그때가 되어서도 의뢰가 있어야 가능한 일이지만) 대신 책을 출판하고 티셔츠를 제작하는 일로 광고에 대한 욕구는 채워졌다.

작품의 인지도가 높아지면서 작품을 원하는 사람이 많아진 것은 사실이지만, 연

령층이 낮아 그림을 살 수 있는 경제력은 없었다. 그런 의미에서 화집이나 티셔츠 제작은 큰 도움이 되었다. 그저 단순히 해보고 싶은 일은 산처럼 많고 실제로 해보고 싶은 욕망도 들끓었지만 늘 자신이 지금 가장 하고 싶어하는 일을 우선으로 여기는 것이 중요하다고 생각했다.

1999년 겨울, 다가올 21세기를 앞두고 나는 도쿄의 공방에서 입체 작품을 제작하고 있었다. 도쿄와 미국에서 있을 개인전을 위한 제작이었다. 미국 개인전은 처음으로 미술관에서 갖는 본격적인 전시회였다. 더구나 시카고와 산타모니카 두 곳에서 거의 비슷한 시기에 전시회가 있기 때문에 실은 몹시 긴장한 상태였다. 아무튼 생각보다 모든 것이 훨씬 순조롭게 진행되어 쾨른에서의 느긋했던 생활이 점점 빡빡해지기 시작했는데, 그것은 내게 고통도 쾌락도 아니었다. 나는 오로지 작품 제작에만 몰두했다. 비단 전시회를 위해서만도 아니였고, 자신의 작품이 평가를 받기 시작하면서 자연스럽게 붙은 자신감 덕분이었는지도 모르겠으나 아무튼 밤낮을 가리지 않고 그렸다. 그리고 싶은 것들이 봇물이라도 터진 듯 저절로 손에서 튀어나오는 것 같았다. 그것은 '다른 사람의 시선'을 전혀 의식하지 않았기에 가능한 일이었다.

21세기의 벽두인 2000년 봄, 나는 시카고의 현대 미술관에서 개인전 전시 작업을 하고 있었다. 시카고 하면 물론 시카고 블루스, 〈스위트 홈 시카고〉를 흥얼거리면서 미술관에 다녔다. 나는 남부의 블루스보다 전자음이 풍성하고 음량이 큰 시카고 블루스를 더 좋아해서 머디 워터스(Muddy Waters)와 엘모어 제임스(Elmore James) 같은 뮤지션의 CD를 플레이어에 넣어 가지고 다녔다. 전시 준비가 무사히 끝나고 미술관 외벽에 내 이름이 내걸렸을 때, 쑥스럽기도 했지만 역시 기뻐서 싱글거리고 말았다. 늘 그렇지만 전시회 일정이 임박하면 신경이 예민해지는데, 정작 전시 작업에 들어가면 스스로도 놀랄 정도로 침착해진다. 그리고 전시 준비가 끝나는 순간,

續 스튜디오 옥상에서 독서

내 안에서는 그 전시회가 막을 내린다. 오프닝 날을 기다리지도 않은 채…….

시카고 개인전 둘째 날, 로스앤젤레스로 날아가 이번에는 산타모니카 미술관에서 개인전 준비 작업에 들어갔다. 물론 CD도 NOFX로 바꾸었다. 과거 석 달 정도 살았던 거리라서 그런지 친근하고 푸근하고, 지금도 여전히 살고 있는 듯 신기한 기분이었다. 물론 친구도 많이 살고 있고 지리도 어느 정도 알기 때문이겠지만 역시 나는 로스앤젤레스란 도시를 좋아하는 것 같았다.

그런데 미국에서 독일로 돌아오자 비극이 기다리고 있었다. 프랑크푸르트 공항 세관을 통과하면서 사건이 생긴 것이다. 세관원과 눈이 마주치는 순간 불길한 예감이 드는 것은 흔히 있는 일이지만(딱히 나쁜 짓을 하지 않아도 거동이 수상하게 보이겠죠?) 여느 때는 빨랫감만 잔뜩 들어 있는 여행 가방을 그냥 열어 보는 것으로 끝인데 이때는 달랐다.

세관원은 나를 사무실로 데리고 들어가 온갖 질문을 해댔다.

"이 노트북은 어디에서 얼마에 산 거죠?"

"그건 도쿄에 있는 친구한테서 받은 건데요."(사실이 그렇습니다.)

"이 카메라는?"

"그건 빌린 거지 산 게 아닙니다."

"이 전자 사전은?"

"아키하바라에서 1천5백엔 주고 산 건데요."

"미국에서는 뭘 했죠?"

"미술관에서 전시회를 가졌죠."

등등.

그러나 심술궂은 세관원은 내 말을 전혀 못 믿겠다는 표정으로 독일에서 산 것이 아니면 모두 세금을 물어야 통과시키겠다면서 서슬이 퍼랬다.

2000

도시 : 도쿄
나라 : 일본

"이렇게 신형 노트북을 누가 주다니? 말도 안 되는 소리지! 이 전자 사전은 1만 엔 정도는 할 텐데. 미술관에서 전시회를 가졌다구? 아무튼 세금을 내야 입국시킬 수 있으니까."

자세하게 설명하면 할수록 믿지 못하는 것 같아서 나는 우선 전자 사전을 쓰레기통에 버리고 나중에 세금을 물겠다는 서류를 작성하고는 "저 전자 사전 주워다가 벼룩 시장에 내다 팔면 안 됩니다!"란 말을 남기고 투덜거리며 사무실에서 나왔다. 그리고 쾨른행 열차에 몸을 싣고는, 세관 사무실에 들어가면서 '홀랑 벗겨놓고 똥구멍까지 조사하는 거 아냐? 쳇, 하고 싶은 대로 하라지!' 라는 각오로 들어서자마자 내 손으로 벨트를 풀고 청바지를 내리고 팬티를 벗으려는데 "뭐하는 거야? 짐을 조사하겠다는 건데."라고 심각하게 말하던 세관원의 표정이 떠올라, 그만 웃음보를 터뜨리고 말았다.

나는 아무래도 그런 유의 사람들에게는 신용 빵점의 인간으로 비치는 모양이다. 일본에서 친구의 오토바이를 빌려 타고 담배를 사러 갔을 때도 비슷한 일이 있었다. 교통 경찰에게 걸려 면허증을 제시하라는데, 맨손으로 나온 터라 친구 집까지 걸어가면서 이런저런 질문을 당했다.

"어디서 살고, 직업은 뭡니까?" 그때 나는 로스앤젤레스에 강사로 가는 길에 일본에 잠시 들러 친구 집에 머물고 있었다.

"독일에 사는데, 미국 대학에 강사로 가는 길에 잠시 일본에 들러 친구 집에 머물고 있습니다." 이렇게 정직하게 대답했는데도 그는 해골 그림이 찍혀 있는 티셔츠에 너덜너덜한 청바지, 머리는 노랗게 물들이고 슬리퍼를 질질 끌고 있는 내 모습에 도저히 못 믿겠다는 표정이었다.(객관적으로 생각해 보면, 그야 물론 못 믿겠죠. 이거 내가 바보 아냐! 지금은 그렇게 생각한답니다. 때로는 옷차림도 아주 중요한 것이죠.)

2000년 여름, 안녕 독일

프랑크푸르트 공항에서 있었던 사건 때문에 침울한 기분으로 쾨른에 도착하자, 주인이 보낸 편지 한 통이 나를 기다리고 있었다. 엎친 데 덮친다고 불길한 예감에 봉투를 뜯어보니, '이 건물을 철거하기로 했습니다. 석 달 이내에 철수해 주십시오.' 란 내용이었다. 그 순간 나는 "그만 일본으로 돌아가자."고 혼자 중얼거렸다.

12년 동안이나 살았는데, 그렇게 간단히 돌아가자고 마음먹을 수 있었던 것은 이듬해 요코하마 미술관에서 갖기로 한 개인전 때문이었는지도 모르겠다. 그 개인전은 그림만 가지고 일본의 미술관에서 여는 첫 전시회로, 요코하마를 시작으로 몇몇 도시를 순회할 계획이었다. 나는 일단 결정을 내리면 스스로도 놀랄 정도로 행동이 민첩해진다. 옛 제자에게 정보를 얻어 도쿄 교외에 있는 적당히 넓은 창고를 발견, 가을에 이사하기로 결정했다.

종이 상자에 짐을 싸고 있으려니, 물건 하나하나에 12년 동안의 추억이 어려 있어 그만 감상적이 되었다. 처음 독일 땅을 밟던 날, 불안한 마음으로 차창 밖 풍경을 바라보았던 일, 다락방 문을 처음 연 순간과 이 나라에서 만난 무수한 사람들……. 고등학교를 갓 졸업하고 도쿄로 갔을 때의 기분과 공기까지 떠올랐다. 하루하루가 새로운 일의 연속이었고 어린애처럼 호기심에 차 있었다. 나는 이 나라에 있는 동안 적지 않은 성장을 꾀했다고 생각한다. 내 주변 환경은 점점 변해 갔지만, 새롭다고 여겨지는 것도 실은 오래 전부터 알고 있었거나, 잊어버리고 있었던 것에 지나지 않

2000

도시 : 도쿄
나라 : 일본

다는 것을 확신할 수 있었다. 중요한 것은 이미 몸에 새겨져 있는데 내가 잊고 있을 뿐이었다. 모든 것이 재발견이었던 것이다. 과거로 돌아가는 여행은 궁극적으로는 미래로 떠나는 여행이며 미래에는 잊고 있었던 과거가 자리하고 있다.

이삿짐 센터에서 짐을 모두 들어내자, 아무것도 없는 휑한 방이 처음 왔을 때처럼 썰렁했다. 나는 그곳에서 많은 그림을 그렸다. 쾨른을 떠나는 것 자체는 아쉽지 않았지만 방이 텅 비는 것은 역시 쓸쓸한 일이었다. 방도 주인이 떠나가면 쓸쓸하지 않을 리 없다. 스물여덟 살의 봄, 부푼 기대와 불안한 가슴으로 찾았던 이 독일에서의 12년. 나는 마흔 살이 되어 있었다.

공항까지 가는 길 라인강 다리에서 보이는 쾨른의 스카이라인
대성당도 라인강도 여느 때보다 조금은 쿨하다.
벌써 타인 같은 표정이다.
비행기는 일본으로, 내일 아침 무더운 여름이 기다리고 있다.
– 2000년 8월 4일 일기에서

냉방 덕분에 시원한 나리타 공항 밖으로 한 걸음 나가면 한여름의 무더위가 맞아줄 텐데, 나는 새 집은 들여다보지도 않고 4년 만에 부모님이 계시는 고향에 잠시 들렀다가 바로 로스앤젤레스로 향했다. 로스앤젤레스에 있는 두 군데 미대에서 강의를 의뢰받았기 때문이다. 그리고 전시회 때문에 폴란드를 거쳐 10월이 되어서야 일본으로 다시 돌아왔다.

앞으로 신세를 지게 될 조립식 창고의 문을 열었을 때, 서늘하고 텅 빈 공간이 나를 맞아주었다. 나는 형광등 스위치를 켜고는 빛을 찾아 날아온 날벌레들에게 "안녕, 다녀왔다!" 하고 인사했다.

1988년~2000년에 주로 들었던 CD

CARTER THE USM/SUPER CHUNK/
NOFX AND FAT WRECK CHORDS LEBEL'S/
BAD RELIGION/THE OFFSPRING/RANCID/
ALANIS MORISSETTE/BLUR/
PEARL JAM/SMASHING PUMPKINS
THE BEASTIE BOYS/네네즈/P.J.HARVEY/
BECK/기타 울프/OASIS/THE CHEMICAL
BROTHERS/GOLDIE/PUFFY/THE FLAMING LIPS/
PRODIGY/YO LATENGO/RADIOHEAD/TORTOISE/
STEREOLAB/나카무라 카즈요시/
THEE MICHELLE GUN ELEPHANT/
EASTERN YOUTH/고지마 마유미/EELS

CARTER THE U.S.M.
Super Chunk
NOFX
YO LA TENGO
RANCID
Bloodthirsty Butchers
DIE GOLDENEN ZITRONEN
THE FLAMING LIPS

이삿짐 사이에서 자주 가던 레코드점의 봉투를 발견했다.

일본, 2000년~현재

텅 빈 방에서

도쿄 교외, 근처에는 미군 요코다 기지. 이착륙하는 비행기의 굉음. 원래는 창고였던 조립식 2층짜리 건물, 텅 빈 나의 기지. 돌아보면 나고야에서도 조립식 주택에 살았지만 여기는 몇 배나 넓어 작품을 제작하기에는 더없이 좋은 장소다. 독일에서 도착한 짐을 풀고 이곳에서의 생활을 시작한다. 독일에서는 내내 손으로 빨래를 하느라 힘들었는데 전자동 세탁기가 여간 듬직하지 않다. 동네 슈퍼마켓에 가면 물론 일본식이 고루 갖춰져 있다.

종이 상자를 열면, 짐을 담았을 때의 공기까지 풀려 나온다.
그때 담은 것들이, 멈춘 시계가 다시 움직이듯
이곳에서 숨을 되찾는다.
그때, 조각조각 흩어졌던 나 자신도 하나로 뭉쳐, 다시금 숨을 쉬기 시작한다.

– 2000년 10월 27일 일기에서

귀국을 결정한 한 가지 이유는, 이듬해 여름으로 예정되어 있는 개인전을 위한 작품 제작이었다. 미술관에서 갖는 첫 개인전이기도 하거니와 요코하마를 시작으로 몇몇 도시를 순회하는 대대적인 전시회인 데다 출품작은 전부 신작이어야 했다.

나는 아무튼 필요한 화구를 준비하고, 캔버스를 펼쳤다. 그리고 제작의 나날이 시작되었다.

이번 개인전을 준비하면서 나는 기존의 네모난 캔버스가 아니라 한가운데가 약간

2000 도시 : 도쿄
나라 : 일본

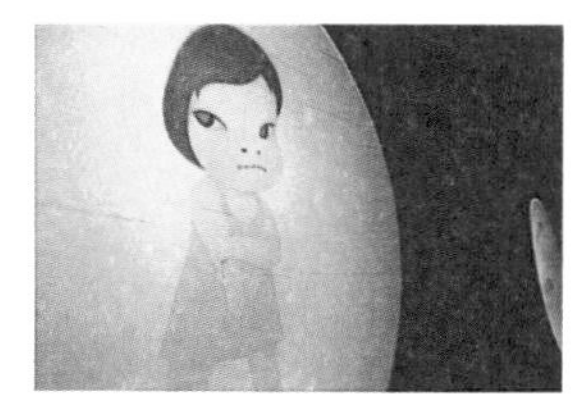

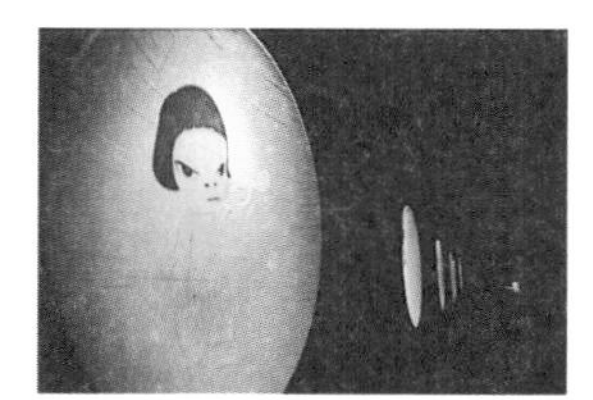

들어간 접시 모양의 원형 지지체에 그림을 그리기로 했다. 인물이 중심이고 배경이 단색인 내 그림에 모서리가 있어야 할 이유가 없다는 것을 깨달았기 때문이다. 그러나 모티프인 인물의 몸이 화면 때문에 잘리는 경우에는 네모난 캔버스에 그렸다. 그리고 개인전 타이틀을《I DON' T MIND, IF YOU FORGET ME》라 명명했다.

일본에서의 생활은 상상했던 것보다 훨씬 즐거웠다. 12년 동안 외국에서 생활한 자에게 텔레비전은 신기할 정도로 재미있었고, 비디오 대여점에는 보고 싶은 일본 영화가 넘쳤다. 그 결과, 매일 텔레비전과 영화를 보느라 작품 제작에 게으름을 피우게 되는 것을 겨우겨우 견뎌냈다. 동네에 있는 만화 카페에도 작품 하나를 완성했을 때만 가기로 규칙을 정했다. 독일에 있을 때와는 속도가 완전히 달랐다.

지금 생각하면 한심할 정도였지만, 그래도 역시 그림을 그리는 것이 가장 좋았던지 만화와 텔레비전에 빠져 있었던 것은 겨우 몇 주일, 그 다음은 그림에만 몰두하는 나날이었다. 나는 그런 나 자신에게 내심 안도했다. 그리고 별 문제없이 순조롭게 제작은 진행되었고 전시회 한 달 전에는 입체 작품을 비롯한 모든 작품이 완성되었다.

그 가운데는 내 손으로 직접 만들지 않은 것도 있었다. 나는 '내 작품 캐릭터로 인형을 만들어 보내 주세요' 란 글귀를 인터넷에 띄웠고, 많은 분들이 보내준 인형을 모아 그 작품을 제작했다.

1999년 6월, 나오코 씨란 분이 나의 팬 사이트 〈HAPPY HOUR〉(http://www.happyhour.jp/)를 개설해 주었다. 나는 그곳을 방문하는 사람들의 글을 읽기도 하고 나 자신도 간혹 글을 쓰기도 했는데, '이 인터넷상에 있는 사람들이 정말 존재하

I DON'T MIND,
IF YOU FORGET ME
奈良美智展
NARA YOSHITOMO AUG U;T 4 - SEPTEMBER 29, 2 02 YOSHII BRICK BREWHO U, HIROSAKI
I DON'T MIND, 
IF YOU FORGET ME
奈良美智展

2000

도시 : 도쿄
나라 : 일본

는 것일까?' 하는 소박한 의문이 생겼다.

나의 팬 사이트가 있다는 것 자체도 놀라운 일인데 올라 있는 글이나 댓글을 보면 내 작품에 호의를 갖고 있다는 내용이 많았다. 물론 기쁘고 신나는 일이었지만 눈에 보이지 않는 인터넷상의 교신이라는 점은 변함이 없었다. 그래서 인터넷상의 관계를 눈에 보이는 형태로 서로에게 확인시켜 주고 싶었고, 나 역시 그런 마음에 인형을 모집한다는 아이디어를 생각해 낸 것이었다.

'인형을 보내 주는 사람이 없으면 어쩌지' 하고 걱정했는데 기우였다. 하루가 멀다하고 인형들이 착착 도착했다. 동네 우체국에 사서함을 설치, 그곳으로 인형을 보내도록 했는데 덕분에 1주일에 한 번씩 우체국 나들이를 했다.

그때까지 인터넷상으로만 알고 있던 사람들이 그들 손으로 만든 인형을 보내준 것이다. 주소도 모니터 화면으로 보는 폰트가 아니라 그들 손으로 직접 쓴 것이었다. 나는 그들의 존재감을 확실하게 느낄 수 있었다. 나는 인형을 보내준 사람들 모두에게 고맙다는 인사와 함께 연필로 간단한 그림을 그린 엽서를 보냈다. 그 엽서는 또 며칠 후 그들 손에 들어가 서로의 존재를 인터넷과 다른 감각으로 확인하게 해주었다.

그 인형들은 전시회의 타이틀 《I DON' T MIND, IF YOU FORGET ME》란 글자 형태로 만든 전장 7.5미터 정도의 아크릴 케이스에 배치되어 미술관 벽에 전시되었다. 그리고 그 밑에 선반을 만들어 내가 소중하게 간직하고 있던 인형과 작은 소품들도 함께 전시했다. '당신이 나를 잊어도 나는 상관없다' 는 말은 '당신과 나는 서

YOU
FORGET

2000

도시 : 도쿄
나라 : 일본

로를 잊을 리 없다'는 확신이었다. 그 말은 또 내가 지금까지 제작한 모든 작품에게 보내는 나의 메시지였으며, 반대로 작품이 내게 보내는 메시지이기도 했다. 그 작품이란 말을 지금까지의 체험이나 추억, 만난 사람들과 바꿔놓을 수도 있다. 꿈과 이상이 아니라 실제로 이런 것이라는 진실을 확인하고 싶어 태어난 것이 〈I DON'T MIND, IF YOU FORGET ME〉란 작품이었는지도 모르겠다.

일본에서 처음으로 가진 본격적인 전시회는 성황리에 막을 내렸다. 찾아준 사람이 9만 명을 넘었다. 현대 작가 중에서는 최고 기록이었다. 나는 그렇게 많은 사람들이 보러 와 주었다는 사실을 어떻게 받아들여야 좋을지 몰랐다. 그리고 전시회 역시 미술 관계 미디어뿐만 아니라 대중 매체에서도 다양하고 호의적으로 다루어 주었다. 물론 그 가운데는 부정적인 비평도 있었지만.

지금까지 좋아하는 사람들끼리 관심을 갖고 공감해 주는 가운데 솔직히 편한 마음으로 제작하고 발표해 왔는데, 부정론자의 출현에는 당황하지 않을 수 없었다.(낙담일 수도 있죠.) 하지만 그 부정론은 내 작품 자체보다 작품이 대중에게 받아들여지는 현상에만 집착하고 있었고, 무엇보다 만난 적도 없는 사람들이 그렇게 써대는 것이라 결국은 상관하지 않기로 했다. 나의 작품 전부가 모든 사람에게 받아들여지리라고는 생각하지 않는다. 평가해 주는 사람에게는 진심으로 감사하지만 기본적으로 나는 내 작품을 봐주는 사람을 위해 제작하는 것이 아니라 늘 나 자신을 위해서 작품을 제작해왔으니까.

하지만 처음 당하는 일이라 한동안은 정말 슬럼프였다. '유치하다느니, 여자애들만 좋아한다느니, 옛날 작품이 더 좋았다느니……. 아, 생각하자니 괜히 화가 난다.' 하지만 내가 어릴 적 비틀즈가 일본을 방문했을 때에도 대부분의 매스컴은 긴

머리가 우스꽝스럽다느니, 여자들만 난리법석이라느니, 그렇게 현상에 대해서만 운운했을 뿐 비틀즈의 음악 자체에는 별 말을 하지 않았다.(아니, 할 수 없었다.) 아무튼 이 개인전의 종합적인 결과는 그리 나쁘지 않았다. 판매하는 상품도 있었으므로 팬들은 기뻐했을 것이라고 생각한다.

요코하마 미술관에서 시작된 《I DON' T MIND, IF YOU FORGET ME》 전시회는 아시야, 히로시마, 아사히가와, 그리고 내 고향 히로사키를 순회하고 2002년 9월 29일 그 막을 완전히 내렸다.

히로사키의 전시장은 미술관이 아니라 다이쇼 시대에 벽돌로 만든 창고였다. 지금까지 한 번도 전시회에 사용된 적이 없는 건물이었는데, 지역 유지들로 구성된 전시회 실행위원회 분들이 전시회를 열 수 있도록 3천 명에 달하는 지원자를 모집하여 그들의 힘으로 전시가 실현되었다.(히로사키가 아닌 곳에서도 참가해 준 분들이 많았습니다!) 공공기관에 의지하지 않고 히로사키에서 전시회를 무사히 치른 점에는 나 스스로도 자부심을 느꼈다. 모두들 그런 운영 방법에 설레는 마음으로 열심히 뜻한 바를 성취하고자 하는 분위기였다. 그리고 좋은 설비를 갖춘 미술관보다 이 히로사키 전이 자타가 공인하는 멋진 전시회가 되었다. 마치 내 작품들이 그곳으로 돌아가기 위해 만들어진 듯한 착각을 일으킬 정도였다.

결과적으로 인구가 18만 명밖에 안 되는 히로사키 시에서 5만 명이 다녀갔다. '많은 사람들이 보러 와 준 것은 고맙고 기쁜 일이나, 그 보상은 어떤 형태로든(책임감이거나 사명감?) 내가 치러야 하는 것이다. 고향 사람들은 흥분해 있는데……', 라는 생각이 나의 뇌리에 스쳤다.

하지만 깊이 생각할 틈조차 없이 히로사키 전이 끝나기 직전, 영미의 공습으로 탈레반 정권이 무너진 아프가니스탄으로 향하게 되었다.

KABUL DIARY
Dashi-i-Barang
Farah
Seyah Band Koh
Bailugho
Purdil
Shahjui
Malikdin
Razmak
Nauzad
Dilaram
Kajakai Dam
Chinartu
Nawah
Wana
Wazi Khwa
Khand P.
Tank
Quaidab
Qalat
Shinkai
Jaldak
Girishk
Khakriz
Tarnak R.
Kulachi
Lash-e-Jovyn
Pusht-i-Rud
Dera Ismail Khan
Hamun-i-Puzak
Khash R.
Kandahar
Arghastan R.
Zawai
Qamruddin Karez
Bhakkar
Lashkar Gah
Marut
Ghazluna
Razai
Zaras
Zhob
Chakhansur
Zaranj
Zabol
Sekuheh
Chaman
Qila Abdulla
Fatehpur
Leiah
Bazar
Taunsa
Dasht-i-Margo
Mirabad
Deshu
Helmand R.
Gulistan
Loralai
Mekhtar
Kingri
Rangpur
Sanjawi
Duki
Quetta
Harnai
Dera Ghazi Khan
Gaud-i-Zirreh
Dasht-i-Arbu
Shorawak
Barkhan
Muzaffargarh
Mastung
Mach
BOLAN P.
Nushki
Saindak
Sibi
Jampur
Chagai Hills
Chagai
Manguchar
Dadhar
Kahan
Fazilpur
Alipur
Mirjaveh
Mashki Chah
Dera Bugti
Dalbandin
Kalat
Bhag
Bellpat
Rajanpur
Chah-i-Sandan
Ladiz
Nauroz Kalat
Central Brahui Ra.
Mithankot
Nok Kundi
Gandava
Shahpur
Sui
Khanpur
Kharan
PAKISTAN
BALUCHISTAN
Surab
Nasirabad
Jacobabad
Kandhkot
Kashmor
Rahimyar Khan
Khash
Hamun-i-Mashkel
Jhal
Sadiqabad
Umarao
Qila Ladgasht
Muzin
Karodi
Shikarpur
Jala
Shireza
Khuzdar
Washuk
Kishangarh
Paskuh
Shadadkot
Rato Dero
Sukkur
Rohri
Saravan
Palantak
Larkana
Qambar
Ramgarh
Khairpur
Zaboli
Koh-i-Patandar
Jebri
Wad
Rakhshan R.
Panjgur
MOHENJO DARO
Mehar
Murt
Mashkid
JAISALMER

2002년 9월, 카불 일기

리틀 모어 사에서 출간하는 계간지 『FOIL』의 창간호 특집 〈NO WAR〉를 위해 나는 편집장 다케이 마사카즈 씨, 사진작가 가와우치 린코 씨와 함께 파키스탄과 아프가니스탄으로 향했다. 파키스탄은 두 번째지만 아프가니스탄은 처음이었다. 내가 그곳에서 무엇을 느끼고 특집을 위해서 어떤 일을 할 수 있을지 암담했지만 아프가니스탄에는 이전부터 다양한 매력을 느끼고 있었고, 무엇보다 오랜만의 모험에 가슴이 쿵쿵거릴 정도로 흥분했다. 체재 기간은 겨우 며칠이었지만 나는 될 수 있는 대로 거리를 걸어 다니면서 수많은 사람들의 표정을 보았다. 20년이 넘는 전쟁의 나날에 간신히 종지부를 찍은 아프가니스탄은 나의 혼을 뿌리째 흔들어버렸다.

2002/09/23, 파키스탄으로

나리타에서 열한 시간, 베이징을 경유하여 파키스탄의 수도 이슬라마바드로 향하다.

오랜만에 타는 정겨운 파키스탄 항공기에는 회교국답게 술은 없었지만 놀랍게도 흡연석이 있었다.(어떤 의미에서는 반미!) 담배에 불을 붙이고, 한동안 술을 못 마실 테니까, 하면서 동행한 다케이 씨와 가와우치 씨와 함께 나리타 공항에서 산 포도주와 소주를 꼴깍꼴깍 마셔대고 신나게 떠든 후 숙면. 비행기는 예정대로 현지 시각 22시에 이슬라마바드에 도착했다. 자동차를 타고 여관으로 가는 길, 차창 밖으로 스치는 풍경은 22년 만의 파키스탄. 기내 흡연석에도 놀랐지만 거리 모습에 별 변화가 없는 것에도 놀랐다.

잡다한 것들이 넘쳐나는 거리
말과 당나귀가 끄는 수레와 호객하는 사람들
계속 울어대는 자동차 경적
깡마른 고양이가 발치로 스르륵 스쳐 지나간다.

이슬라마바드에 있는 아프가니스탄 대사관에서 비자를 신청하고, 며칠을 이 도시에서 지낸 우리는 비자가 나오자마자 아프가니스탄으로 떠났다.

2002/09/26, 아프가니스탄 입국

이슬라마바드 공항은 원래 군용이었기 때문인지 미채색 대형 격납고 앞에 군용기가 몇 대 머물러 있었다. 비행기는 천천히 활주를 시작하고, 흙먼지에 가려 뿌옇게 보이는 카이바르(kharibar) 고개의 산들을 향해 날아오른다. 국경이 가까워지면서 험준한 산맥이 눈 아래로 펼쳐진다. 돌아갈 때는 '자동차지' 하고 생각하자 다행스럽기도 하고 걱정스럽기도 하다. 카불에 도착할 때까지 창문으로 보이는 풍경은 거의 다갈색 세계.

비행기가 착륙하여 카불 공항에 내려서자 동유럽 같은 사회주의 건축물, 활주로 옆에는 파괴된 비행기가 공룡의 뼈처럼 나뒹굴고 있다.

어깨에 자동소총을 멘 세관원이 찍어준 입국 스탬프의 손잡이는 손으로 깎아낸 투박한 나무 제품. 출입국 문을 나서자 안내를 맡아줄 라히무가 웃는 얼굴로 기다리고 있었다. 자동차에 올라타 앞으로 묵게 될 카불 호텔로 향하는데, 당장에 파괴된 시설과 거리가 눈앞에 펼쳐진다.

22년 동안의 전쟁으로 파괴될 대로 파괴되어 폐허가 된 도시. 마치 유적처럼 보이는 이곳에서 과거, 사람들은 그저 평범하게 살았다. 구소련군의 침공과 계속되는 내전으로 도시가 파괴되기 전에는 미술관, 왕궁, 대학 등의 역사적 건물과 바부르(Babur) 정원, 코다만 포도원 등의 관광 명소가 있었던 곳. 예로는 알렉산더 대왕이 건설한 카브라였고, 16세기에는 무갈 제국의 수도로 번영했던 곳. 이 나라의 역사는 전쟁의 역사다. 1979년, 구소련이 침공한 후에도 반소 아프간 게릴라는 투쟁을 계속했고, 1988년 평화 협정을 맺은 파키스탄의 지원 협력으로 이듬해 2월, 드디어 구소련군이 철수. 그러나 그 후부터 탈레반 정권이 붕괴하기까지의 긴 세월 동안 정권을 둘러싼 부족간의 내전이 계속되었다.

폐허에서 집을 짓는 남자들
붕괴된 건물들의 거리
머리 위로 펼쳐지는 드넓은 하늘로 연을 날리는 남자아이들
손을 잡고 웃는 여자아이들
우리는 그들의 모습 하나하나에 셔터를 눌렀다.

벽이란 벽에 온통 총탄 자국이 밤하늘의 별처

럼 흩어져 있는 초등학교 자리에서 만난 양치기 소년들도, 강에서 빨래를 하는 사람들도 모두 웃는 얼굴이었다. 사진을 찍는다고 돈을 요구하지도 않았다. 여기저기 탄흔이 남아 있는 다 무너져 가는 학교 건물 앞에 예쁜 화단을 만들고 물을 뿌리는 아저씨도 웃는 얼굴이었다.

자동차를 타고 양옆으로 폐허가 이어지는 거리를 나아가자 아동 공원이 보였다. 그곳에는 우리들이 어렸을 때 놀았던 낯익은 놀이 기구가 있었다. 함께 놀던 고향 친구가 거기 있는 듯한 착각마저 느껴지는 풍경이었다. 그네와 미끄럼틀과 빙글빙글 돌아가는 뺑뺑이와 많은 아이들. 그들의 목소리가 드넓은 하늘에 울려 퍼져 폭격기의 엔진 소리는 이미 저 멀리로 사라졌다는 것을 실감케 했다.

시장에 가보니 그 규모가 상상 이상으로 크고 진열된 상품도 내용이 충실해서 놀라웠다. 없는 것이 없다고 할까. 생활필수품은 무엇이든 넘치도록 많았다. 파키스탄과 다를 것이 전혀 없었다. 활기는 카불이 한 수 위다. 물건이 넘치고, 사람들은 모두 웃는 얼굴, 구걸을 하는 사람은 뉴델리의 천분의 일, 나폴리의 십분의 일, 아니 없다.

채소, 고기, 쌀에 밀가루, 각종 향신료에 생활잡화, 알록달록한 색상의 천과 카펫, 가스봄베, 뭐든 있다. 그 질적 양적인 풍성함이란, 우리 동네 슈퍼를 통째로 갖다놓고 내용물을 교환해도 남을 것 같았다. 그야말로 눈으로 보지 않고서는 알 수 없는! 광경이었다. 육류는 물론 북부에는 전답 지대가 있어 농작물의 공급도 충분하다고 한다. 눈으로 한번 쓱 훑어만 봐도 홍당무에 양파, 토마토, 감자 등의 기본적인 채소에서 여주까지! 사과도 수레에 산더미처럼 쌓여 있고, 포도 역시. 아무튼 채소와 과일을 가득가득 쌓아놓은 간이 가게가 줄줄이 이어진다. 그리고 야위고 마른 아이는 한 명도 없고, 평균 수명이 42세라는데 할아버지가 펄펄하게 거리를 활보하고 있다! 그렇다. 유아사망률이 비정상적으로 높아 평균 수명이 낮아졌을 뿐이다. 하지만 유아사망률이 일본의 43배란 것은, 역시 식량이 모자라는 탓일까? 머릿속이 뒤죽박죽이다. 해답은 의료기관과 설비의 부족이다. 의료 설비가 잘 갖춰진 선진국에서는 쉬 고칠 수 있는 병도 이 나라에서는 죽음의 병이다. 그리고 Rh 마이너스형 혈액이 많은 민족이기 때문에 수혈 사고로 죽는 사람도 많다고 한다.

시장 구경을 하고 미술관으로 향한다. 멀리 위풍당당한 건물이 어렴풋이 보이는데, 다가가면서 폐허로 변한 그 무참한 광경에 눈물이 흐른다. 내가 지금까지 본 미술관은 위대한 예술가들의 작품을 벽에 걸어놓고, 찾아오는 이들 모두가 그 작품을 감상하고 찬탄의 말을 남기고 돌아서는 사원 같은 품격을 지닌 건물이었다. 그런데 지금 눈앞에 있는 이 미술관은 총알 자국으로 얼룩진 텅 빈 폐허다. 그런데도 위엄한 찬 오라를 발하는 것처럼 느껴진 것은 내 눈의 순간적인 착시 현상. 우리를 보고 몇몇 아이들이 뛰어서 몰려왔다가 다시 가버렸다. 그리고 몇 분 후, 그들은 담배와 과자를 담은 소박한 쟁반을 들고, 저마다 주머니에는 물이 담긴 페트병을 넣어 다시 그 모습을 나타낸다. 그러고는 사달라는 것도 아니고, 그저 주위에서 맴돌 뿐이다. 과거 위풍당당했던 미술관, 지금은 혼을 잃은 폐허에 지나지 않는 구조물. 하지만 이곳을 찾는 사람이 있는 한 그들은 그렇게 몰려들었다가 흩어지리라. 그런 상황이 얼마나 참담하고 슬픈 일인지.

아랍권에서 유일한 비산유국이면서도 휘발유 1리터당 30엔 남짓.
고기의 가격은 일본의 5분의 1.
콜라는 한 병에 10엔도 되지 않는다.
부엌 연료는 숯과 프로판 가스가 주류.
전기가 없으니까 텔레비전도 없고, 전자 제품도 없다.
하지만 없어도 당연하다는 듯이 넉넉하게 살고 있다.
정말 필요한 것은 모두 있으니까.

선진국이라 부르는, 아니 그렇게 자처하는 나라에서 사는 사람들은 잠시 정전만 되어도 아우성인데, 냉장고는 물론 세탁기도 텔레비전도 전화도 없다. 전기가 없으면 살아갈 수 없는 삶. 살지 못할 리가 없는데, 없다는 것 자체가 놀라움이다.

나 자신이 더 잘 알고 있는데, 전기가 발명되기 전에도 사람들은 행복하게 살았다.

문학도 미술도 음악도 있었으니까.

이 나라 아이들의 눈은 생기발랄하다.
폭격기가 날아다니지 않는 파란 하늘을 향해 미소짓는 그들의 얼굴에서 희망을 느낀다.

2002/09/27

오늘은 금요일, 이슬람교에서는 안식일이기 때문에 가게 문을 열지 않는다는 말을 듣고서도 일단 시장에 가봤다. 사람도 많고 문을 연 가게도 제법 있다. 그리고 안식일인 오늘은 결혼식하기에 딱 좋은 날씨! 꽃과 리본으로 장식한 자동차를 몇 대나 만났다. 거리에서도 조화를 파는 가게가 유난히 눈에 띄었는데, 그런가, 전쟁이 끝난 이 나라, 결혼식 붐이다. 꽃으로 장식한 신랑 신부의 차를 따라 가족이 탄 택시가 줄지어 달린다.

인구 70만인 카불에 택시의 숫자가 무려 4만. 거의 중고차로 그 가운데는 50년대 미국 차도 있다. 택시는 노란 색 바탕에 흰색문. 일본에서 수입한 차도 많아 '주식회사 후쿠스이'란 로고가 그대로 남아 있다. 일본말을 그대로 남겨두는 것을 멋지다고 여기는 모양이다. '천년 유치원', '치바 분점', '데라사와 상점'……. 일본어 로고의 물결. 카불 교외에는 무수한 중고차 가게가 밀집해 있다.

도시 한가운데를 흐르는 강 양쪽에 포장마차처럼 각종 일용잡화점이 즐비하다. 강가에는 천막을 친 천 가게가 즐비하고. 다리 옆에 있는 계단 비슷한 곳을 걸어 조그만 제방을 내려가자 천상가다. 천막을 버티고 있는 막대와, 가게와 가게를 구분하는 천들의 미로 같은 공간. 물론 오늘은 안식일이라 군데군데 비어 있는 가게도 있지만 그래도 사람이 많아 통로는 비집고 지나다

녀야 할 정도다.

기념품 가게가 있는 거리로 가보려고 신시가지로 향한다. 이 주변에서는 총격전이 별로 없었는지 총탄의 흔적이 드물다. 그리고 우리들 눈에 익은 평범한 가게도 많다. 이 도시에 와서 처음 보는 광경인지도 모르겠다. 그러나 역시 전기 공급은 불충분한지 각각의 가게 앞에는 휘발유를 연료로 하는 발전기가 놓여 있다.

교외에는 중고차 센터와 목재상이 밀집. 제재를 기다리는 통나무(지름 20~30cm)가 껍질만 벗은 상태로 몇백 개나 서 있다. 대형 제재공장이 있는 것은 아니지만 화물용 컨테이너를 이용한 개인 공장에서 목재를 제재, 창틀과 문으로 만든다. 일반 가옥에서도 컨테이너 문을 현관문으로 사용하는 경우가 많다. 번화가가 아니면 구멍가게, 자전거포, 채소 가게 가운데서도 컨테이너를 활용한 가게를 흔히 볼 수 있다. 내전에서 파괴되지 않은 가게는 보통 가게의 모습을 갖추고 있지만, 대부분 대학 축제 때 볼 수 있는 간이 가게 같은 느낌이다. 재료도 주로 무슨 나무 상자 같은 것을 해체한 것이고, 간판은 물론 없다. 그러고 보니 시장의 천막도 유니세프 시트였다. 그 재활용 정신은 가히 존경할 만하다. 거리는 흙먼지로 뿌옇지만 쓰레기도 없고 과도한 포장도 없다. 각종 플라스틱 병과 탱크는 우물에서 물을 퍼 담아 집으로 운반하는 데 사용한다.

교외로 차를 달리다 이 도시에서 처음으로 간판 가게 같은 곳을 발견. 들여다보니 젊은 청년 혼자서 나무틀을 짜고·그 위에 함석판을 붙이고 있는 참이었다. 이 가게도 4조(약 2평) 반 정도의 간이 가게 같은 분위기. 안쪽에 있는 선반에 유화인 듯한 초상화가 한 점 걸려 있고, 그 옆에는 종이에 그려진 페르시아의 전통적인 그림.

'나도 그림을 그린다'는 뜻의 몸짓을 해보이고 연필과 종이를 받아 그의 얼굴을 그려보았다. 오랜만에 전통적 기법으로 그린 소묘. 완성된 그림을 보여주자 갑자기 친근한 분위기.

하자라족이 많이 사는 지구에서 다시 차를 세운다. 혼자서 미로 같은 골목길로 들어가자 처음에는 서너 명 따라오던 아이들이 금세 스무 명 정도로 늘어났다. 하자라어인지 페르시아어인지 모를 말에 나의 일본말까지 섞여 뭐가 뭔지 알 수 없는 대화. 발이 미끄러져 넘어지는 흉내를 내었더니, 폭소 폭소. 코마네치 흉내에 쉐까지 동원!

지쳐서 마지막으로 기념 촬영. 단독 행동이 좀 심했지만 아이들에게 작별 인사를 하고 자동차가 기다리는 큰길로 서둘러 돌아간다. 그런데 아이들이 계속 따라오면서 "나라! 나라!"하고 내 이름을 합창한다. 큰길에서 기다리던 다케이 씨와 가와우치 씨, 다가오는 아이들의 무리를 보고 놀란다. 가이드인 라히무도 눈을 동그랗게 뜨고 있다.

하자라족은 몽고 제국 시대에 이곳을 찾아 바미얀 지역에 거주하기 시작한 민족으로 생김새가 일본 사람과 아주 비슷해서 친근감이 느껴진다.

이 나라 민족은 주로 아리아계로 파키스탄과 아프가니스탄 두 나라에서 살았는데, 1880년 영국의 통치로 분단되었다. 그 구성은 파슈툰족 38%, 이란인과 같은 페르시아계 타지크족 25%, 몽골계 하자라족 19%, 옛 시대의 몽골계와 투르크계 유목 민족의 혼합족인 우즈베크족이 9%, 그밖에 투르크멘족, 아이마크족 등이 있다.

카불 시내는 이미 어두워지기 시작해서 집집마다 램프불이 밝혀졌고 도로변의 용접점에서는 가스용접의 불꽃이 빛나고 있었다.

카불 호텔로 돌아와 샤워를 한다. 어제도 그랬지만 하루종일 밖을 돌아다니고 나면 머리카락은 럭비시합이라도 한 것처럼 뻣뻣하게 변한다. 그리고 오늘도 샤워도중에 온수가 식어가기 시작한다…….

간판 가게는 식자율의 증가와 상점가의 부흥과 더불어 수요가 증가하리라! "간판 가게의 사다프!" 조금만 기다리면 자네 가게 훨씬 바빠질 거야!

2002/09/28, 학교 방문

초등학교로 향하는 길, 같은 길을 빙빙 돌아도 늘 거리는 새로운 발견으로 가득하다. 몇 번이나 같은 장소를 지나는데도 늘 다른 풍경이다. 그래서 호기심에 찬 눈을 부릅뜬다. 어떤 곳에서도 즐거움을 찾을 수 있는 사람이 되고 싶다.

초등학교에 도착. 1층짜리 교사가 세 동, 가운데 마당 텐트에도 교실이 두 개. 물론 복도와 현관이 있는 것은 아니지만 밖에서 각 교실로 들어가게 되어 있다. 먼저 텐트 안에 있는 어린 남자아이들 반으로 숨어들려고 했는데, 모두들 내 쪽을 보고 일어나 인사를 한다. 선생은 약간 키가 큰 상급생, 이제 막 읽고 쓰기를 시작한 반인 것 같다. 교과서에 비닐봉투를 개조한 커버가 씌워져 있다. 책이 상하지 않도록 그렇게 한 모양이다. 내가 어렸을 때도 새 책을 받으면 엄마가 백화점 포장지로 커버를 만들어 주었다. 하지만 이곳에서는 교과서가 재활용의 대상이리라. 아래 학년에게 물려주기 위해 조심스레 사용하는 것이리라. 그렇게 내 멋대로 생각한다. 남자아이들 반이 여섯 반, 여자아이들 반이 세 반. 여자아이들 반에는 어린 동생을 데리고 있는 아이도 있다. 이 동생, 머지않아 어린 반 아이들 못지 않게 읽고 쓰기를 하게 되리라.

선생은 남녀 반반 정도, 학생들은 모두 얌전하게 수업을 받고 있다. 카메라의 파인더를 들여다보면서 잘 나오겠다 싶은 장면이면 늘 교감 선생님이 시야에 나타난다. 교실을 이동해도 따라와 파인더 안에 들어오니 웃음이 나온다. 한참 사진을 찍고 있는데 교장실에서 차를 마시자는 연락이 왔다. "실례합니다." 교육 제도와 원조 현황 등의 얘기를 듣다가 다시 교실로.

두 시간 30분 동안 계속된 수업이 끝나고, 모두들 밖에 정열. 어린 아이들 반부터 두 줄로 서서 손을 잡고 교문을 나선다. 두 시간 30분으로 하루 수업이 모두 끝나는데, 3부제라서 다음 수업 받을 학생들이 교문 밖에서 기다리고 있다. 하루에 두 시간 30분의 수업을 끝내고 돌아가면 집안일을 거드는 것일까, 하고 생각하고 있는데 다음 수업 받을 학생들이 선생과 우리에게 인사를 하면서 들어온다. '사람' 이라고 말하는 것일텐데 '사랏' 이라고 귀엽게 들린다.

수업이 시작되자 모두들 진지한 표정으로 칠판과 교과서를 번갈아 쳐다보며, 선생의 질문에 손바닥을 쫙 펴고 손을 드는 것이 아니라 '내가 먼저' 라는 듯이 집게손가락 하나만 펴고 손을 든다. 일제히 손을 드는 모습이 보기에 좋다. 말을 몰라 질문의 내용을 모르는데도 함께 슬며시 손을 들어본다.

점심을 먹기 위해 초등학교에서 나와 식당을 찾는다.

오늘은 가정식 분위기의 식당에서 점심을 먹는데, 만투가 있다! 교자와 고기만두의 중간 정도 음식, 요구르트 소스가 살짝 끼얹혀 있다. 그리고 오크라 조림. 샐러드와 난(독일의 발효빵-옮긴이 주). 계속 케밥과 카레만 먹었기 때문에 이 만투는 정말 맛있었다.

배가 잔뜩 부른 상태로 이번에는 여자고등학교로 향한다. 도중에 파키스탄에서 돌아온 난민 캠프가 있다고 해서 들러보기로 했다.

라히무가 캠프 사람에게 취재를 교섭하자 상

대방이 기꺼이 OK. 텐트촌을 방문했다. 바구니를 짜는 아저씨, 새장을 만드는 아저씨, 각 텐트마다 직종이 다르다. 역시 아이들이 금방 뒤따라오면서 카메라 렌즈를 갖다대는 곳으로 우르르 몰려든다. 하지만 아이들과 노는 것은 언제든 즐겁다. 이 나라 아이들이 이렇게 활기찰 수 있는 것은 기근으로 먹을거리가 없는 것과는 다른 얘기다. 지금까지 자유가 없었기 때문이다. 눈 쌓인 긴긴 겨울이 끝나고 봄이 오면 장화를 벗어던지고 운동화로 갈아 신고 밖으로 뛰어나갔던 내 어린 시절처럼, 그들도 기쁨으로 충만한 것이리라. 이 나라의 겨울은 너무나도 길었으니까.

슬슬 여자고등학교에 가보려고 아이들에게 안녕하며 악수를 하는데, 잡은 손을 놓아주지 않는다. 내 손을 몇 명이 잡고서 나를 조금씩 끌고 간다.

겨우 자동차에 올라타 문을 닫자, 다케이 씨와 가와우치 씨가 '하멜른의 피리 부는 사나이'라고 놀려대는데 기분은 나쁘지 않다. 뛰면서 따라오는 아이들에게 손을 흔들면서, 다시 만날 수 있을 거라고 생각한다. 어제 하자라족 아이들을 만났을 때도 그랬던 것처럼. '인생에 단 한 번뿐인 인연'이란 말이 있기는 하지만 내 생각은 그렇지 않다. 또 만나자고, 다시 만날 수 있다는 진심 어린 마음으로 그들을 대한다.

그러나 그들의 이름을 하나하나 기억할 수는 없으니 약간 서글프기도 하지만, 그들은 내일도 웃는 얼굴로 뛰어다닐 것이다. '하멜른의 피리 부는 사나이'는 이곳을 찾는 모든 사람일 수도 있으니까. 그들은 나를 기다린 것이 아니라 호기심을 자극시켜 줄 피리 부는 사나이를 기다리는 것이니까.

여자고등학교는 교문에서 소지품 검사를 받고 들어간다. 초등학교도 그랬지만 교문에는 자동소총을 멘 경비원이 반드시 서 있다. 이 나라는 여행자에게는 안전이 확보되지만 정작 살고 있는 사람들에게는 그렇지 않다. 요컨대 언제 다시 민족 간의 갈등이 야기될지 알 수 없는 것이다. 나폴리의 시장처럼 날치기가 있는 것도 아니고, 미국 대도시의 골목길 같은 위험 요소도 없다. 여행자들은 그들이 안고 있는 공포와 불안을 이해하기 어렵다. 절도와 공갈과 치정에 의한 살인이 아니라, 한번 시작되면 모든 것을 휘몰아 거대한 흐름이 되어버리는 민족 분쟁이란 위협. 역시 나도 이해하기가 어렵다. 여행자인 내가 너무도 태평한 듯해서 슬며시 미안한 생각이 든다.

여자고등학교는 학생들의 연령이 높은 탓에(그래 봐야 여고생이지만), 여자는 친족이 아닌 사람에게 맨 얼굴을 보여서는 안 된다는 종교적 이유로 촬영 금지. 그래서 찍히고 싶지 않은 사람은 잠시 밖에 나가 있도록 하고, 그럭저럭 촬영에 성공. 교복이 정해져 있는지 모두들 검은 옷에 하얀 숄을 두른 수도원의 수녀 같은 모습이다. 세 동의 1층짜리 건물이, 가운데 있는 운동장을 에워싸듯 서 있다. 각 건물에 교실로 들어가는 입구는 있는데 창문이 없는 교실도 있다. 학생들은 고등학생이라 그런지 모두들 눈이 반짝반짝, 영특해 보이고 의지는 더욱 강해 보인

다. 여자가 고등학교에 가는 것은 과거의 일본이 그랬던 것처럼 쉽지 않은 일이라, 모두들 그런 난관을 극복한 얼굴이다. 사진에 찍히기 싫어 밖으로 나간 학생들도 우리 쪽을 바라보면서 살며시 웃고 있다.

탈레반이 정권을 잡고 있을 때, 그녀들은 배우고 싶어도 배울 수가 없었다. 그런데 '지금에서야 겨우 배우게 된 마당에 낯선 외국인이 찾아오기 시작하면 공부에 방해가 될 텐데' 라고 반성하면서 월급이 한 달에 고작 50달러라는 아줌마 교장 선생님에게 고마웠다는 인사말을 하고 교문을 나선다. 그리고 지난 사흘 동안 수고해 준 라히무의 집으로 향한다. 물론 가보고 싶다고 청한 것은 우리 쪽이다.

그의 집은 카불에서 차를 타고 산을 넘어 한 시간 정도 걸리는 조그만 마을에 있었다. 그곳에서 산 지 6개월, 처음 두 달 동안은 마을에서 선생 노릇을 했다고 한다. 가는 길, 제자였던 여자아이 세 명이 "선생님, 안녕하세요!" 하고 인사하며 지나간다. 영어를 약간 할 줄 아는 그는 전쟁 중에는 이슬라마바드에서 일했다. 토담으로 둘러싸인 평범한 집, 6조(약 3평) 정도 크기의 거실로 들어가자 차와 과자를 대접해 준다. 차를 마시면서 그의 아이들과 동생, 조카들과 이런저런 얘기를 나누었다. 여자들은 다른 방에 있단다. '역시 손님 접대는 남자들만 할 수 있는 일인가' 하고 조금은 아쉬워한다. '이 집에도 텔레비전은 없네' 하고 둘러보다가 깔끔한 천을 씌워 놓은 CD를 발견했다. 잠시 후 마당에 나가 사진을 찍고 있는데, 여자들이 창문으로 이쪽을 내다본다. 하지만 모르는 척, 아니 눈이 마주치지 않게 돌아다니는 닭을 보면서 사진을 찍는다. 밖으로 나온 라히무를 뒤따라 그의 어머니가 등장하고, 뜻밖에도 여자들까지 나왔다! 모두들 기념 촬영. 라히무의 어머니는 예순다섯 살인데도 아직도 기운차다.

라히무의 집 근처를 산책하고 있는데, 무슨 까닭인지 외갓집이 떠올랐다. 이 정도 크기의 마을 어귀에는 묘지가 있었고, 마당에는 닭이 돌아다니고, 모두들 급하면 전화를 걸러 가는 조그만 잡화상이 한 채 있었고, 밭은 온통 채소로 초록색이고, 어느 집엔가는 커다란 돼지가 있었고……. 그러고 보니까 내가 약간 철이 들었을 때까지도 우리 집에는 텔레비전이 없었다. 신문도 구독하지 않아 가끔 역에 있는 매점에 사러 가곤 했다. 그때는 동네에 집도 드문드문했고, 역도 소박한 목조 건물이었다. 두부를 사오라는 심부름에 나는 알루미늄 그릇을 들고 집을 나섰다. 엄마가 여학교에 가고 싶다고 하자 외할아버지와 할머니는 반가운 표정을 짓지 않았다지만, 나는 두 분 다 존경하고 좋아했다. 아프가니스탄, 이 나라에 와서(물론 파키스탄도 그렇지만), 마침내 가족이란 존재가 있다는 것의 고마움을 실감한다. 가난해도 가족의 연대가 확고하고, 세 집 건너, 아, 좋은 것이다. 가족이란 좋은 것이야.

결국, 사람과 사람이 더불어 살고 최소한의 것만 있으면 어떻게든 행복하게 살아갈 수 있는 것

이다. 새삼스럽게 사람과의 인연, 우정, 가족애 등의 소중함.

2002/09/29 여행의 끝

네 시 기상. 밖은 아직 어둡다.

네 시 30분. 차를 타고 카불 호텔 출발. 가이드 라히무는 없다.

하지만 사흘 내내 함께였던 운전사와 함께, 아무튼 출발이다.

캄캄한 새벽의 카불 거리를 차를 타고 달린다. 어둠 속에서 카불이 점점 멀어져 간다.

카불에서 자라라바드까지 가는 길은 폭격의 흔적이 도처에 남아 있는 울퉁불퉁한 길, 속이 뒤집어질 것 같다. 하지만 육로로 간다는 것 자체가 좋은 경험이라고 생각한다. 창밖이 조금씩 밝아온다. 왼쪽으로 큰 강이 보인다. 강가에는 나무가 무성하고, 초록이 풍성한 밭이다. 과거 왕이 통치했을 당시의 풍요로움을 방불케 한다. 초록색 엽록소를 지닌 식물은 위대하다. 바위산으로 에워싸인 골짜기의 한 줄기 길, 땅에 뚫린 구멍을 이리저리 피하면서 국경 마을 자라라바드를 향해 차는 달린다. 올려다보는 산꼭대기에 오렌지 색 아침해가 비친다.

울퉁불퉁한 길에 아침 햇살이 쏟아지기 시작하고, 드디어 자라라바드에 도착. 아침 식사. 과거 대상이 머물렀던 밥집 같은 곳에서 밥을 먹고, 지뢰밭으로 향한다.

아프가니스탄 사람들이 지뢰를 철거하고 있다. 지뢰밭 옆에는 깨끗한 개울이 흐르고 작은 물고기들이 헤엄치고, 잠자리가 날아다닌다. 지뢰만 없다면 아주 평화로운 풍경이다. 나도 모르는 새 선글라스를 잃어버렸다. 하지만 지금 찾아 나설 용기는 없다.

지뢰밭을 다 지나자 길이 갑자기 좋아진다. 차는 국경을 향해 카이발 고개를 넘는다.

드디어 국경 투르칸 보더에 도착했다. 'WELCOME TO PAKISTAN' 이란 표식에 아프가니스탄을 떠났다는 것을 실감한다. 사흘간 운전해 준 아저씨에게 안녕이라 인사하면서 굳은 악수를 나눈다. 파키스탄으로 입국하면 이슬라마바드까지 우리를 데려다 줄 여행사의 차가 기다리고 있다. 파키스탄 입국 절차를 끝내고 차에 올라타자 총을 멘 호위가 뒤따라 올라탔다. 접경 지대를 무사히 통과하기 위함이다. 다갈색 눈의 강건한 젊은이, 듬직하다.

카불 고개는 이 부근 일대의 광대한 산악 지대 전체를 일컫는 말이다. 우리는 지금 예의 삼장법사와 알렉산더 대왕이 지난 길과 같은 길을 통과하고 있다. 그리고 고개를 다 넘어 내리막길로 들어서는 순간, 시야가 활짝 트인 V자형 골짜기 저 너머로 페샤와르가 희미하게 보인다. 구불구불 아래로 뻗어 있는 이 길이 페샤와르로 통해 있는 것이다. 이 광경을 삼장법사도 봤을 테지.

카불을 떠나 이슬라마바드까지 약 열 시간, 그리고 내일은 다시 일본…….

'한 잔의 차를 맛있게 끓일 수 있다면, 당신은 모든 것을 할 수 있다.'

– 마음에 남아 있는 이슬람의 속담.

농작물 재배 가능한 경지 : 일본 44,226m² / 아프간 80,848m². 주식인 보리의 소비량은 1인당 연간 132.52kg, 월 11kg. (98년 통계)
출생률 : 일본 9.5%, 아프간 49.7% (94년, 97년 통계)
유아사망률 (1000명 중 1세 미만인 유아가 사망하는 비율) : 일본 3.8% / 아프간 163.4% (94년, 97년 통계)
덧붙여 이디오피아 119.2%, 앙고라 124.2%, 캄보디아 115.7%로 전쟁기간이 긴 나라들은 유아사망률이 비정상적으로 높다. 아프간 인근의 타지키스탄은 43.4%로 아프간의 약 4분의 1 정도이다.
평균 수명 : 일본 남성 77세, 여성 83.5세 / 아프간 남성 43세, 여성 44세 (94년, 96년, 97년 통계)
식자율 : 일본 남성 99.9%, 여성 99.7% / 아프간 남성 51.0%, 여성 20.8% (94년 통계)

철도는 없지만 경제수준에 비해 도로가 매우 발달하여 산악지대에까지 도로가 나 있다. 미국이 일반여객기까지 폭격하는 바람에 아리아나 아프간항공의 비행기도 모두 파괴되어 2002년 현재 아프간에는 항공사가 없다. (이후 2003년 5월에 영업을 재개함.)
참고문헌 ([아프가니스탄 지도&데이터 북] – 아트북편집부 편, 코알라 북스 2001년)

2002
AFGHANISTAN &
PAKISTAN,
TURKMENISTAN
UZBEKISTAN
TADZHIKISTAN
AFGHANISTAN
KARA-KUM
BADAKHSHAN
Nuristan
Kohistan
Dushanbe
Mary
Kerki
Shirabad
Termez
Mazar-i-Sharif
Balkh
Shibarghan
Sar-i-Pul
Maimana
Kunduz
Faizabad
Baghlan
Samangan
Charikar
KABUL
Herat
Kushk
Ghazni
Gardez
Jalal-Kut
Parachinar
Kohat
Sadda
Hangu
Thal
Bannu
Miramshah
Khyber Pass
Salang P.
Anjuman P.
Chaghcharan
Farsi
Bala Murghab
Band-i-Turkestan
Murghab
Amu Darya
Karakumskii Canal
Sarakhs
Serakhs
Andkhui
Akcha
Kholm
Khanabad
Taliq-an
Rustak
Pul-i-Khumri
Doshi
Sang-i-Masha
Shindand
Mandal
Ghurian
Zindajan
Islam Qala
Qala Nau
Obeh
Kariz
Kurgan-T'ube
Kulyab
Boldzhuan
Dangara
Safed Khirs
Ordzhonikidzeabad
Kala-i-Khumb
Vanch
Denau
Derbent
Guzar
Nishan
Repetek
Burdalyk
Karabekaul
Palvart
Uch Adzhi
Chamchakly
Ravnina
Sagar-Chaga
Bayram Ali
Turkmen-Kala
Iolotan
Dzhu-dzhu-klu
Mohammad Tashi
Sandykachi
Dowlatābād
Tashkepri
Takhta Bazar
Kalai-Mor
Maruchak
Kharez Ilias
Ghehel Dokhtaran
Band-i-Baba
Daulatabad
Alamlik
Balkh
Durzab
Belchiragh
Tukzar
Qala Shahar
Chiras
Ali Mardan
Doabi Mekh-i Zarin
Bulola
Qarabagh
Chigha Sarai
Kunar
Zahidabad
Sikaram
Safed Koh
Matun
Lomar P.
Ghizao
Sarafsar
Chaghaman
Guzar-i-Pam
Guzar Bash
Q. Shararak
Qala Adras-Kand
Yazdān
Nawak
Peshawar
Banda
Kalabagh
N.W.F.P.
Kamard
Kelif
Mukry
Dzhilikul
Nizh Pyandzh
Pata Kesar
Khwaja Eman Saheb
Khwaja-i-Ghar
Ishkamish
Jurm
Zebak
Anderob
Narin
Khinjan
Panjshir
Barikot
Asmar
Nazar
Paghman
Pai Mori
Tajikistan
Taimani
Hazarajat
Farah Rud
Harirud

NEW DECENT
NEW DECENT
GFC
FANS
GM
CABLES
ECONOMY WITH QU
BUTT
Yunas
FANS
RIG
120

یہ اطلاعات موصول ہوئی تھیں کہ
موقع پر علیحدگی پسندوں کی جانب
یبات کے مقامات اور اہم سرکاری
وں کا نشانہ بنایا جاسکتا ہے۔ یہ
خصوصی برازیل کے صدر لوئز ڈے
بھارتی حکومت نے اس موقع کو فوجی طاقت
اپنے جنگی جنون کے اظہار کے لئے استعمال کی
خصوصی پریڈ میں طویل فاصلے تک مار کرنے وا

Close-up

Dulux

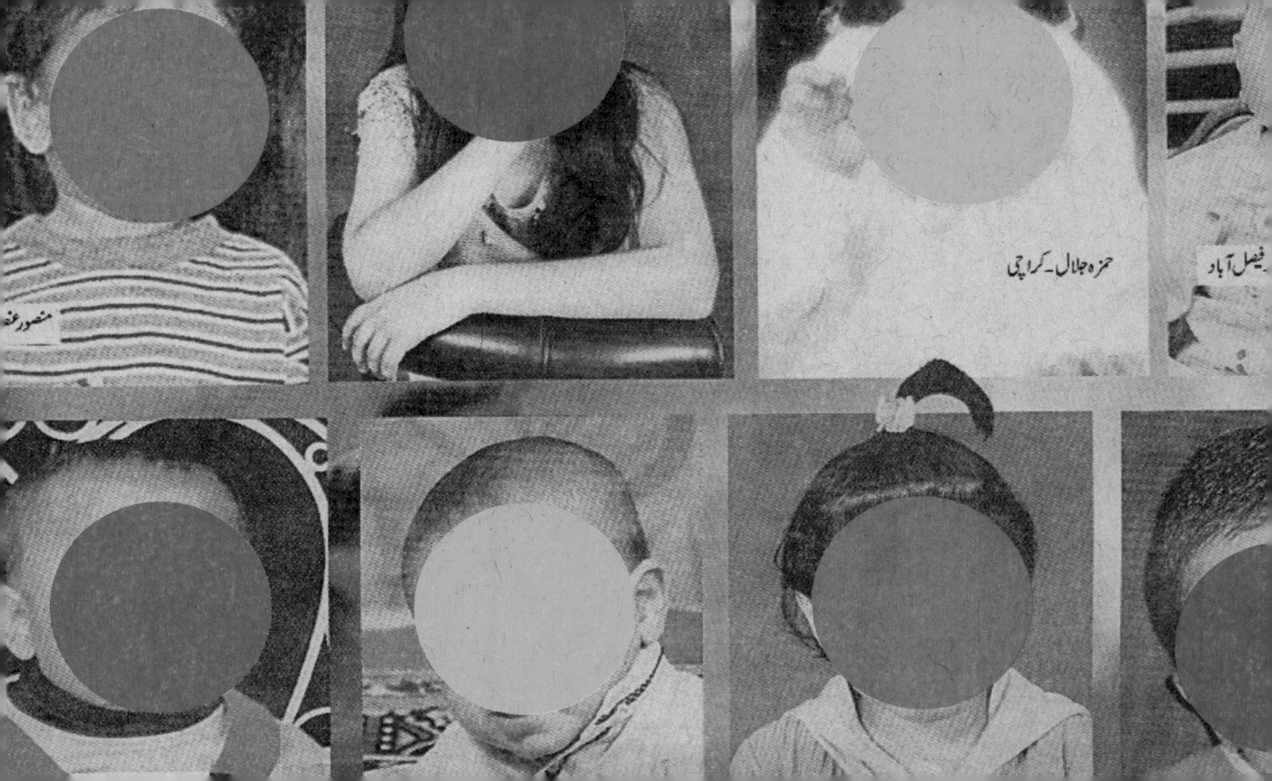
منصور
حمزہ جلال۔کراچی
فیصل آباد

9
کی ایئرپورٹس اور ایئرلائنز پر
دہشت گردی کا خطرہ

Such
a long
way

immer weiter

NWFP
N 2427
PESHAWAR

2002-
2003
PARIS, N.Y. & TOKYO

2002년, 하얀 캔버스와 함께 저물어 가는…….

아프가니스탄을 떠난 지 사흘, 나는 대도시 뉴욕의 마천루 숲 속을 거닐고 있다. 뉴욕 근대미술관에서 개최하는 드로잉 전에 초대된 것이다. 이 전시회 후에는 첼시에 있는 갤러리에서 개인전을 갖기로 되어 있다. 오가는 사람들은 이방인인 나에게 아무런 관심도 보이지 않고 그냥 스쳐지나간다. 네거리에서 신호를 기다리며 올려다보는 하늘에는 뉴요커의 위선적인 웃음과는 반대로 칙칙하게 구름이 끼여 있어, 나는 눈물이 나도록 아프가니스탄을 그리워한다.

아프가니스탄 사람들은 나를 전혀 모르면서도 반갑게 맞아주었다. 인파 속에서, 사람들의 물결 속에서, 아프간에서 만난 많은 사람들의 얼굴을 떠올린다.

근대미술관의 전시회에 초대받은 것 자체는 기쁜 일이지만 끝없는 콘크리트 빌딩 숲이 권위적이고 위압적으로 나를 내려다보고 있어 숨이 막힌다.

2001년 9월 11일, 그 날 테러의 흔적은 이미 어디에서도 찾아볼 수 없는 세계 무역 센터 자리를 둘러싼 울타리를 바라보면서 미국과 이슬람을, 그리고 자신이 살고 있는 일본을 생각하자 울부짖으며 당장 그 자리를 떠나고 싶었다. 하지만 냉정하게 지금의 자신을 정리해야겠다고 마음먹는다.

근대미술관에서의 전시회와 갤러리에서의 개인전 모두 순조롭게 무사히 끝났다. 많은 사람들이 와 주었지만 내 마음에는 여전히 구름이 끼여 있었다. 아니, 아프간에서 만난 사람들의 웃는 얼굴이 너무도 눈부시게 빛났다.

나는 뉴욕에서 돌아오면 바로 『FOIL』에 연재할 그림을 그릴 생각이었는데, 붓이 움직여 주지 않았다. 아프가니스탄에서 내가 보고 느낀 것을 그림으로 그리기에는 시간이 너무 부족했다. 경험이 그림으로 환치되려면 나름의 시간이 필요하다. 나는 할 수 없이 사진을 사용하기로 하고 현상된 필름을 선별하여 『FOIL』에 보냈다.

아프가니스탄에서 보낸 며칠은 나를 바짝 정신차리게 했다. 알게 모르게 느긋하게 지낸 내 자신의 생활을 돌아보게 했다. 나는 어렸을 때부터의 경험을 바탕으로 그림을 그려왔는데, 매스컴을 통해서만 겨우 알고 있었던 아프가니스탄을 직접 찾아보고, 그곳에서 만난 사람들과의 경험이 누적되면서 뇌가 그만 과포화 상태가 되고 만 것이다. 언젠가 '이 경험을 작품으로 승화시켜야겠다' 고 소망하면서 아무튼 캔버스를 펼쳤다. 하지만 백화점과 거리 곳곳에서 징글벨이 울릴 때까지도 아무 진전이 없었고, 캔버스는 하얀 그대로였다.

일단은 교장실에서 여유를 부리다.

그리고 2003년 1월, 나는 파리에 있었다.

2003년 1월, 나는 파리의 국립 미술학교 강사로 초빙되어 학내에 있는 게스트 룸에 머물고 있었다.

파리란 도시를 돌아다니다 보니 1980년대 초기 유럽 여행을 할 때 처음 찾았던 거리 같은 인상이 짙어 어쩔 수 없이 기억이 그때로 돌아가고 만다. 그것은 아주 기분 좋은 추억이다.

그림을 그리기 시작하면서 나는 한때 에콜 드 파리에 빠져 있었다. '만약 내가 그 당시에 태어나 피카소나 모딜리아니나 후지다 츠구하루 같은 사람들과 함께 몽파르나스에서 청춘을 보냈다면 어떻게 되었을까' 하고 생각한 적도 있다. 파리 시내가 세계 미술의 중심지였고, 유명무명이 함께 파리의 카페로 모여들던 그 시절이 그저 그림을 좋아하고 보헤미안을 동경하는 그림 학도에게 매력적으로 비친 것이다. 역사 깊은 돌길을 걷자니, 그 시절의 목소리가 들려오는 듯하다.

내가 맡은 세미나는 '일상에 있는 평범한 것을 각자의 관점에서 의미를 부여하여 작품화하는 것' 이었다. 학생들은 대부분 프랑스인이었지만 일본인도 있었고, 오스트리아, 미국, 독일, 팔레스타인, 타이완 등 다양한 나라의 학생이 모여 있어, 에콜 드 파리는 아니어도 코스모폴리탄적인 분위기를 즐길 수 있었다.

모두들 정말 자신의 독특한 시각으로 작품을 제작했고, 마지막에는 아틀리에를 갤러리 삼아 작품 전시회까지 가졌다. 다른 나라에서 온 학생들을 보면서 나는 마치 나의 과거를 보듯 흐뭇했다. 어디서든 주변을 무시하면서까지 자기를 내세우는 학생이 있는가 하면, 그런 것과는 무관하게 자기 자신과 마주하고 작품 제작에 몰두하

는 학생도 있었다.

내게 사진이라?

파리에서 일본으로 돌아왔더니, 그 새 『FOIL』이 출판되어 있었다. 반응이 굉장해 그저 놀라울 따름이었다. 텔레비전에서는 아프가니스탄 정부의 카르자이 대통령까지 『FOIL』을 손에 들고, "이 안에 현지 아프가니스탄의 모든 것이 있다."고 하질 않나, 정말 기뻤다. 그리고 대통령은 이렇게 말을 이었다. "이 책 내가 가져도 되나요?" 그때 대통령의 얼굴은 대통령이 아니라 내가 아프가니스탄에서 만난 소년의 얼굴이었다.

그림을 그릴 수 없어 사진을 넉넉하게 사용했는데, 예기치 않게 그 사진이 호평을

받았다. 이탈리아의 사진 전문 갤러리의 의뢰로 그 가운데 몇 장은 전시회에 출품까지 하고……, 덕분에 사진에도 자신감이 좀 붙었다. 중학교 때부터 사진 찍기를 좋아했지만 남에게 보이기보다는 그저 좋아서 찍었을 뿐인데, 지금 생각하면 기술과는 무관하게 나 자신의 관점으로 포착한 장면에 셔터를 누르는 행위 자체가 하나의 자기 표현이 아니었나 싶다.

그러고 보니 비슷한 시기에 핀란드 미술관이 기획한 사진전에도 내가 과거에 찍은 사진이 선정되었는데, 그때는 내 사진을 작품으로 발표하기가 부끄러워 드로잉도 몇 점 함께 전시했다. 존경하는 혼마 다카시 씨에게 사진을 보여주었을 때 "피사체를 어떻게 찍을까?가 아니라 무엇을 피사체로 삼을까?라는 관점이 분명해서 좋다."고 한 말이 큰 힘이 되었다.

배우고 익히면 숙달되는 기술이 아니라 표현으로서의 사진에는 개인의 시각이 가장 중요하다는 뜻의 그 말이 되살아나, 기술적으로는 미숙한 사진이지만 드로잉과 함께 전시하면 나의 시각이 좀더 명확하게 전달되지 않을까 하고 생각한 것이다.

실은 얼마 전부터 『FOIL』의 편집장이 "나라 씨! 전에도 말했지만, 우리 사진집 한 번 만들어 보자구요."라면서 사진집 출간을 은근히 종용했었다. 좋은 일이기는 하지만, 나는 사진을 찍어서 그림을 그렸을 때만큼의 성취감을 느껴보지 못했고, 사진은 어디까지나 나 개인을 위해서 찍는 것이라 계속 거절해 왔다. 하지만 '시점'이란 관점에서 생각하면 사진이나 드로잉이나 마찬가지 아닌가!

그래서 결국 사진집을 내기로 결심하고 지금까지 찍은 사진을 하나하나 정리하기 시작했다.

2003년 가을, 미국 순회 개인전

파리에서 맞이한 2003년에는 유난히 외국 전시회가 많았다. 미국에서는 〈만화 세대의 현대 일본 미술〉이라는 전시회(또야? 싶지만)에 몇 군데 참가했고, 그밖에도 '아이들'을 키워드로 한 전시회나 '전쟁'과 '비창'의 관점에서 구성한 유럽 각국의 미술관 전시회에도 작품을 출품했다.

내 작품만 갑자기, 유독 나돌아다니는 듯한 느낌이었지만 생각해 보면 그것은 이미 독일 시대부터 시작된 일이었다. 혼자서 독일을 찾아 아카데미에서 공부하고 많은 사람들을 만나고 조금씩 밖을 향해 펼쳐졌던 내 세계가, 그것을 아는 사람들의 힘으로 내 손이 닿지 않는 곳까지 퍼진 것이다. 그 몇 년 동안, 나도 예기치 못한 애호가들이 생겼다. 그들은 때론 무대 아래서만 올려다보았던 좋아하는 뮤지션, 은막에서만 볼 수 있었던 배우, 문필가, 그리고 이름도 모르는 일반 사람들이었다.

가을에는 미국 내의 미술관을 순회하면서 개인전을 갖기로 되어 있는데, 그런 일 역시 내 작품을 진지하게 봐준 미술관 사람이 있기에 가능한 일이리라.

처음 갖는 미국에서의 미술관 순회 개인전은 오대호의 하나인 에리호 변, 오하이오 주의 클리블랜드에서 시작된다. 클리블랜드는 'ROCK AND ROLL'이란 말의 발상지. 록 앤 롤은 클리블랜드 라디오 방송국의 한 DJ가 한 말이다. 그리하여 오늘날 록 앤 롤은 세계 젊은이들의 공통 언어. 나는 나의 순회 개인전이 그 도시에서 시

전시 풍경 – 시카고 현대미술관

작된다는 것에 감동하지 않을 수 없었다. 뭐라 표현은 잘 못하겠지만, 내내 록 음악과 함께 그림을 제작한 나인만큼, 아무튼 '와우!' 하고 웃는 얼굴로 외치고 싶을 정도로 기뻤다.

출품작 대부분은 미국 내의 미술관과 수집자들이 소장하고 있는 작품을 사용했고, 몇 점은 새로 제작했다. 그 가운데 아홉 점의 수채화가 있는데, 생각대로 그려지지 않아 애를 먹으면서도 그럭저럭 미래 지향적으로 완성되었다. 지금까지는 주로 단순한 형태를 그렸는데 그 수채화는 결과적으로 꽤나 맛이 우러나는 그림이었고, 그것은 나 자신이 이전보다 그림을 그린다는 행위에 한결 진지해졌다는 증명이기도 했다.

즉 지금까지는 '우선은 내가 아는 것이 중요하다'는 생각을 제일로 여겼는데, 그 생각이 '오해 없이 보는 이들에게 전달하고 싶다!'는 의식에서 생겨난 것임을 자각한 것이다. 확실하게 존재하는 관중에게 예술이란 행위로 자신을 드러내는 것. 거기에 관중을 우롱하는 불손한 태도가 섞여서는 안 되었다.

그 아홉 장의 수채화는 이렇게 나 자신을 좀더 진지하게 들여다보면서 제작해야 한다는 기분으로 그렸는데, 역시 제대로 전달할 수 있을지는 자신이 없었다. 그러나, 그래서 더욱이 지금도 그리고 있고, 내일도 그릴 것이다. 아무튼 계속해서 그리는 것, 그리는 행위가 지속되지 않는다면 이미 나란 존재는 의미가 없으니까.

《Nothing Ever Happens》라 이름지은 이 순회 개인전의 카탈로그에는 미술 평론

가의 글뿐만 아니라 음악 평론가와 뮤지션, 배우와 소설가들의 글도 실려 있다. 스타 트랙의 미스터 스포크, 『SPIN』과 『L.A. Times』에 음악 기사를 기고하는 조슈 쿤, 그 노래를 들으면서 수도 없이 힘을 얻은 《GREEN DAY》의 빌리 조, 《RANCID》에서 기타를 연주하는 러스 등. 내가 좋아하는 그들이 나를 위해 글을 써주다니, 정말 기뻤다. 싫어하는 인간이야 부정을 하든 싫은 소리를 하든 상관없지만……(이랄까, 그렇게 생각하는 편이 마음 편하다!?), 경애하는 사람들이 공감해 준다는 것은 당연하지만 정말 기쁜 일이다.

클리블랜드에서 시작된 개인전 《Nothing Ever Happens》는 2004년 필라델피아, 산호세, 센트 루이스의 미술관을 순회하고 2005년에 하와이의 호놀룰루 미술관에서 끝날 예정이다.

이 책을 읽고 있는 여러분이 2004년에 보든, 2005년에 보든, 그리고 헌책방에서 이 책을 발견하든, 나는 내 목숨이 있는 한 언제까지나 그림을 그릴 것이다. 이런 책을 출판한다는 것 자체가 그렇게 하겠노라는 의지의 표명이니까.

지금까지 어떤 곳에서 어떻게 시간을 보냈든, 그것은 내가 얻기 위해 노력하여 얻은 시간이고, 슬픈 일이든 기쁜 일이든 고루 지금의 내가 있도록 키워준 것이다.

아프가니스탄에서 만난 사람들도 유럽에서 만난 사람들도, 그 비위에 거슬리는 FUCK 족들도, 아무튼 내가 만난 모든 사람들이 나란 개인을 키워 주었다. 그들 모두에게 감사한다.

2003

도시 : 도쿄
나라 : 일본

2003년 12월, 내 방

12월 8일, 나는 차에 잔뜩 화구를 싣고 오사카를 향해 밤의 고속도로를 질주하고 있다. 가구를 제작하는 graf란 팀이 운영하는 오사카 갤러리에서 개인전을 갖기 위해 가는 길이다. 도쿄의 오야마 도미오 갤러리에서 개인전을 끝내고, 막 첫 사진집을 낸 12월.

사진집의 제목은 『the good, the bad, the average……and unique』. 사진집에 실을 사진을 고르면서 좋은 것, 나쁜 것, 보통인 것, 그리고 색다른 것으로 분류했다. 물론 좋은 것만 고르고 싶었지만 선별 작업을 하면서 다양한 것들이 섞여 나를 이루고 있다는 것을 깨달았다.(하지만 지금은 뭐가 좋은 사진이고 나쁜 사진인지, 나 자신도 잘 모르겠다.) 생각해 보면 일일이 테마를 정해 놓고 찍은 것도 아니어서, 좋고 나쁘고를 가를 기준이 없었다.

이틀 전에 끝난 도쿄에서의 개인전은 하얗고 무미건조한 갤러리 공간에서 보는 이가 그림과 일 대 일로 마주할 수 있도록, 전시작품 수를 최대한 줄인 포멀(formal)한 전시회였다. 갤러리를 그런 식으로 꾸미고 싶어한 것은 나였고, 보는 이들에게도 나의 의도는 어느 정도 전달되었으리라 생각한다. 그래도 어쩐지 내가 갖고 있는 무언가가 빠진 듯한 기분이었다.

그 무언가는 나의 핵을 이루는 거대한 무엇이고, 그야말로 나만이 할 수 있는, 뭐랄까, 다른 사람과 비교하는 행위 따윈 의미조차 없는 어떤 것. 실은 진작부터 그런 느낌을 갖게 되리란 것을 알고는 있었지만, 그래도 포멀한 전시회를 시도해 보고 싶었다. 그리고 오사카 전시회는 도쿄와는 정반대로 나만이 할 수 있는 것으로 꾸미고자 했다.

kill
the Noise
WORD
Raisin

S部屋には graf製作のライト
M部屋は裸電球が4つ

透明なピースマークの中に
人形がつまってる

M

制作していた部屋

こういうくぼみに写真がはいっている。

カーペット

小机

小さいイスと机

S

中は真暗・壁も黒

大きなソファー

白いスクリーン壁

L

S M L

このかべに

他の部屋は箱型だけど
この部屋だけ三角やね

S M

S.M.L.
アクリスボックスに人形

LOVE THE ONE
YOU ARE WITH
violent

RETURN SERVICE REQUESTED
Merrick, NY 11566-9000
WORD
Goes Back Goes Back
Little My
HOLSTEN
NEVER FORGET
YOUR
BEGINNER'S SPIRIT
LOOK
MUM

《S. M. L.》이란 타이틀의 이 전시회는 graf팀과 공동 작업으로 준비했다. 우리는 폐자재를 이용해서 크고 작은 세 사이즈의 방을 만들어 거기에다 작품을 전시하기로 했다. 밤 12시쯤 graf에 도착해서 안으로 들어가자, 세 개의 방은 거의 완성 단계였다. 그들은 가구를 제작하는 틈틈이 나의 전시를 위한 방을 완벽하게 만들어 주었다. 전시를 담당하는 도요지마 군은 전시에 앞서 나의 스튜디오를 방문하기도 했는데, 갤러리에다 마치 내 스튜디오처럼 마음놓고 편히 작업할 수 있는 환경을 만들어 놓았다. S 사이즈의 방은 키가 120센티미터 전후의 인간용으로 만들어져 천장이 낮다. 사진 소품으로 꾸밀 벽은 깔끔하게 도색되어 있고, 바닥에 깔린 카펫 위에는 graf팀이 제작한 깜찍한 테이블과 의자가 놓여 있었다. M 사이즈의 방은 앞으로 내가 제작할 작품을 전시할 공간이다. 즉, 내 등신대의 방. 그리고 L 사이즈의 방은 바닥도 벽도 검정으로 통일된 가운데 키가 220센티미터인 인간에게 맞춘 거대한 벤치가 놓인다. 한쪽 벽 전면에는 스크린을 설치하여 내가 찍은 사진이 화면을 가득 채우게 된다.

그리고 나는 이 방과는 별도로 다른 작품을 구상하고 있었다. 요코하마 미술관에서 개인전을 가졌을 때처럼 '내 작품을 모티프로 제작한 인형'을 인터넷을 통해 모집하여 작품화하는 것이었다. 이번에는 S. M. L. 사이즈로 만들어 보내달라고 조건을 달았다. 물론 그 인형들은 세 가지 사이즈의 아크릴 상자에 배치하여 전시할 계획이다.

우선 나는 M의 방에 몇 개의 책상을 설치하고 그 위에다 도쿄 스튜디오에서 가져온 소품들을 늘어놓았다. 벽에는 패티 스미스(Patti Smith)의 사진 엽서와 'NEVER

FORGET YOUR BEGINNER' S SPIRIT!' 이라고 쓴 메모지를 핀으로 찔러 고정시켰다. 도쿄에서 가져온 그 소품들은, 사실은 독일에 있을 때부터 그런 식으로 벽을 장식한 것들이다. 폐자재로 만든 오두막이 강아지가 오줌을 누어 자기 영역을 표시하듯, 내가 들고 온 소품으로 친근감이 넘치는 나만의 공간으로 변해 갔다. 나는 2주일에 걸쳐 M의 방에서 제작에 몰두했고, 벽은 새로운 드로잉으로 조금씩 메워졌다.

graf의 카페에서 커피를 마시고, 때로는 일하는 그들의 모습도 들여다보고, 카페에 모이는 사람들과 대화도 나누다가 모두 돌아간 밤 11시쯤이 되면 M의 방에서 드로잉을 그렸다. 그리고 도요지마 군과는 준비 기간 내내 틈만 나면 마셨다. 간혹 제작은 나몰라라하고 하루하루 편안해지는 M의 방에서 날을 새가며 두런두런 얘기하며 마신 적도 있다. 도요지마 군은 옛날에 내가 유럽 여행을 하면서 만난 사람들을 연상시켰다. 아니, graf의 모든 사람들이 그랬다. 학생 시절처럼 시간 따위에 구애받지 않고 아침이 되도록 이야기꽃을 피우면서 지금 내가 어디에 있는지조차 모르는 식이었지만, 지금 내가 바로 여기에 있다는 것은 충분히 실감할 수 있었다. 그 장소는 오사카도 아니고, 도쿄도 독일도 그 어느 곳도 아니었다. 그곳은 내가 지금 있는 곳, 그 어느 곳도 아니지만 내 마음속에 확실하게 자리하고 있는 방이다.

아무튼 나는 그곳에서 작품을 제작했고, 전시회는 시작되었다. 오프닝 파티가 한창인 때, 나는 내게서 멀어질 것만 같던 아주 소중한 무언가를 이 개인전에서 다시 내게로 끌어당겼다는 느낌을 받았다. 그것은 회사처럼 경영이 확실한 전문적인 갤러리나 더욱 큰 조직인 미술관에서 개인전을 열면서 잃어버렸던 것. 그렇다, 어쩌면 'BEGINNER' S SPIRIT' 이었는지도 모르겠다. 사업이 아니라 우리들의 즐거움을 위

Hey

FUCK! the Shit

嗚呼 全ては in the fog. in the cloud

戦地に回線がつながって 少女のもとにLOVE SONGが届いた…

少女に捧げた 戦場から LOVE SONG

ありがとう

アフガンの空の下で男はたおれた

キャタピラの音、銃弾の音、けれども

満月は地球に…

ARROWS TO YOUR DRUNKEN EYES!

夜露死苦NIGHT!!

11:00PM～4:00AM

今日の1枚

Today's choice

お人形 Thanx!

NO WAR よろしく!!

意志の強さが！

どこかのガキより劣ってこうな

KILL YOUR TIMID NOTION!

世にはびこるガキ共の生涯的な手本さ。

そして－社会

雲

照らさず

夜露死苦！

ZONE

해서 열심히 준비한 축제 같은, 그런 느낌. 그것은 수많은 자원봉사자들의 도움으로 실현된 히로사키 전《I DON'T MIND, IF YOU FORGET ME》와도 통하는 느낌이었다. 히로사키 전시가 그런 기분의 최대공배수였다면, graf 전은 최소공약수적이면서 서로의 존재 의의를 정면에서 확실하게 실감할 수 있는 전시회였다.

시간이 흐르면서 나는 또 나자신에게는 아주 소중한 그 무언가를 잊을 수도 있을 것이다. 하지만 완전히 잊지는 않으리라 확신한다. 왜냐하면, 잊어버릴 만하면 그것을 깨우쳐 줄 친구들이 있기 때문이다.

현실 속에서 만난 수많은 사람들, 아직 만나지는 못했지만 문자와 소리와 눈을 통해서 내가 멋대로 친구라고 생각하는 사람들. 그런 사람들이 있다고 생각하면, 나는 아직도 한참은 나일 수 있을 것 같기도 하고 만난 적도 없는 여러분(만난 사람도 물론 있겠지만)에게 이렇게 주절거리는 얘기에 거짓이 없듯이, 오늘도 록을 방방 틀어놓고 순수한 마음으로 제작에 임할 수 있을 것 같다.

그 마음은 과거 내가 미술학원 학생들에게 얘기해 주었던 것을 스스로 실천하고자 독일로 여행을 떠난 것과도 비슷한 마음이다. 앞으로 몇 년을 살지는 알 수 없지만, 아무리 낙담하고 실의에 빠져 있어도 어떻게든 이겨내고 빠져나올 수 있을 것 같은 기분이다. 나는 혼자가 아니니까……

그렇기 때문에 제작에 임할 때는 안심하고 혼자일 수 있다.

EPILOGUE

2004년 1월, 끝이 없는 에필로그

사토 씨와 사이토 씨

이 책은 로킹 언 출판사에서 출간하는 『H』란 잡지에 내가 연재했던 「작은 별 통신」이란 글을 단행본으로 만들어보지 않겠느냐는 편집자의 제의로 태어났습니다.

『H』에 「작은 별 통신」을 연재하면서 '어느 정도의 독자가 이 연재를 기다려줄까' 하고 종종 생각했습니다.

이 연재는 어디까지나 내가 일방적으로 발신하는 통신이니까, '이 따위 연재 빨리 끝내!' 하는 투서가 산더미처럼 밀려들면 어쩌나 하고 정말 두렵고 불안했습니다. 하지만 그렇지 않았죠! 이 연재를 기다리는 독자들이 꽤 많다는 것을 독자 카드와 편지를 통해 알고는 정말 기뻤습니다.

그리고 고백하자면, 『H』의 말미에 '친구 구함' 이란 페이지가 있잖아요. 그 페이지의 '내가 좋아하는 것' 란에서 뮤지션과 사진가와 소설가의 이름과 함께 내 이름을 발견했을 때는 정말 기뻐서 어쩔 줄을 몰랐습니다. 아아, 결국 말하고 말았네요. 부끄럽습니다.

그건 그렇고 『H』의 편집장이었던 사토 다케시 씨가 로킹 언 사를 그만둔다는 말을 내게 전한 것이 2003년 3월, 「작은 별 통신」을 담당했던 사이토 나오코 씨(그녀와 나는 우연하게도 같은 고등학교 출신입니다!)와 함께 나를 도쿄에 있는 온천으로 데리고 가 노천탕에 몸을 담그고 있을 때입니다. 사토 씨는 머리에 수건을 올려놓으면서 "실은 1년 후에 퇴직하기로 했습니다."라고 말하고는 "퇴직하기 전에 「작은 별 통신」을 단행본으로 만들고 싶은데……."라고 했죠. 뭉글뭉글 피어오르는 수증기 속에서 말입니다. 나는 "네, 그만둔다고요?"하고 일단은 놀라는 척했습니다. 왜냐하면 그 전날 요시모토 바나나 씨가 전화를 걸어 "사토 씨가 나라 씨를 온천에 데리고 간다는데, 퇴직한다는 말을 하려고 그런 걸 거예요. 그러니까 내가 알려줬다는 말하지 말고 그냥 놀라는 척해요."라고 얘기해 주었기 때문입니다. 하지만 단행본으로 만들겠다는 얘기는 듣지 못했으니까, 사실 놀라기는 했습니다. 벽에 기대어 옆에 있는 여탕에 있을 보이지 않는 사이토 씨를 공연히 돌아보기도 하면서(투시술! 하고 순간 기도하면서). 편집자야 연재가 어느 정도 진행되면 단행본으로 만드는 것이 예사지만 나로서는 좀…… 그렇죠!

그런 사연이 있었습니다. 여러분이 지금 읽고 있는 이 책은 그렇게 노천탕에서 출판이 결정되었습니다. 사토 씨야 물론 애당초 그렇게 기획하고 있었을 테지만요! 늘 친절하게 웃는 그의 얼굴, 이 기획의 산물이었을까요! 만날 때마다 "같이 저녁이나 먹을까요?"라면서 "이거 로킹 언 사의 경비로 대접하는 거니까 마음놓고 드십시오."하며 내게 맛있는 것을 사준 것도 그래서? 아무튼 그런 생각을 하면서도 "이왕 단행본으로 내는 거, 글도 좀 덧붙이고 부족한 것 메워서 좋은 책으로 만들죠! 사토 씨!" "그렇죠, 바로 그겁니다! 나라 씨!" 우리는 의기투합하여 뽀얀 물 속에서 서로의 손을 꽉 잡았습니다. 아주 꽉!

그러다 글을 덧붙이는 것으로 모자라 나는 처음부터 다시 고쳐 써서 자전적인 『작은 별 통신』을 완성했습니다. 물론 내 전문은 그림을 그리는 것이지 글 쓰기가 아닙니다. 하지만 최대한 알기 쉽게 '내가 이 작은 별에 떨어져 어떻게 성장했는지'를 쓰려고 애썼습니다.

이 책을 책방 책꽂이에서 꺼내 팔락팔락 페이지를 넘겼다가 탁 덮고는 다시 꽂아 놓는 사람도 있겠죠. 마지막까지(설마, 서서 마지막까지 읽지는 않겠죠!) 읽어주는 사람도 있겠죠. 하지만 편집자의 힘을 빌어 너무 이르지만, 자서전 비슷한 책을 출판할 수 있게 된 것 자체를 고맙게 생각합니다.

지금 『작은 별 통신』을 다시 읽어보니 문장은 어눌하고, 일본 사람인데 일본어의 문법에 맞는지도 의심스러운 부분이 있습니다. 하지만 내가 지금까지 쌓아온 경험을 조금이나마 표현했다고 생각합니다. 그리고 이 책에 쓰지 못한 개인적인 부분은, 내 마음속에 고이 간직하려고 합니다. 이 책에는 괴로워하면서도 미술을 통해 조금씩 성장한 내가 있고, 한껏 허세를 부린 나도 있습니다. 솔직히 말하면, 아직도 미술을, 그리고 인간 관계에 대해 고민하면서 살아가는 내가 있습니다. 타인에게 상처를 주고, 나도 상처를 입고, 그런 연속이라 한심하게 느껴지는 때도 있습니다. 그런데도 그림을 그린다는 행위를 통해서 나란 존재를 확인할 수 있었습니다.

사실 어떤 인간이든 강한 면과 약한 면을 갖고 살아갑니다.

이 책을 쓰면서, 약한 나는 "무슨 책을 출판하겠다고 그래, 그냥 그림이나 그려!"라고 몇 번이나 내게 속삭였습니다. 강한 나조차 "책을 출판한다는 것은, 그 내용 전체에 책임이 따르는 일이야. 앞으로 그 책임을 안고 살아가야 한다구!"라고 위협했습니다. 하지만 내게 출판할 용기를 준 것은 무슨 일이 있어도 그림을 그리고 제작을 하면서 살아가리란 내 자신의 결의와, 역시 사토 씨와 사이토 씨 두 분의 편집자였습니다.

사토 씨, 사이토 씨, 고맙습니다! 사토 씨에게는 요시모토 바나나 씨와 합작품인

『아르헨티나 아줌마』를 출판할 때도 큰 신세를 졌습니다. 그리고 사이토 씨하고는 함께 라이브를 보러 다니기도 하면서 즐거운 시간을 보냈습니다. 그리고 잊어서는 안 될 디자이너 하루히 유코 씨! 그녀의 도움이 있었기에 이렇게 책이란 꼴을 갖추었습니다. "고맙습니다!"

그리고 사토 씨에 앞서 로킹 언 사를 그만두었지만 사이토 씨를 알게 된 것은 정말 다행스러운 일이었습니다. 지금까지 고향이 같다느니 출신 학교가 같다느니 하는 이유만으로 친근감을 느끼고 어울리는 것을 싫어했던 내게, 사람에 따라서는 그렇게 만나는 것도 좋은 일임을 가르쳐 주었으니까요.

내일을 위한 후기

1959년 12월 5일. 이 사랑스러운 태양계 제3혹성에 태어난 그날부터 하루도 빠짐없이 나란 인간은 살아 있지만 언젠가는 반드시 죽는다.

하지만 그것은 이미 알고 있는 것, 슬픈 일이 아니다. 그래서 더욱이 살아 있는 한은 쉬지 않고 그림을 그리고 싶다. 뉴턴이 발견한 중력이란 것으로 우리의 두 발이 굳건히 땅을 딛고 사는 이 조그만 별에서…….

이 책을 읽어주신 여러분, 고맙습니다!

언젠가 어디에서…… 길모퉁이, 라이브 콘서트장, 전철 안, 음식점……. 그런 곳에서 만나면, 말 걸어 주세요!

옮긴이 김난주는 경희대 국문과 졸업, 동대학원을 수료한 후, 일본 쇼와 대학에서 일본 근대문학 석사 학위를 취득했다.
오오스마 여자 대학교, 도쿄 대학에서 일본 근대문학을 연구, 일본문학 번역가로 활동하며 가톨릭대학에 출강하고 있다.
옮긴 책으로는 〈노르웨이의 숲〉, 〈창가의 토토〉, 〈키친〉, 〈소설가의 각오〉, 〈울 준비는 되어 있다〉, 〈냉정과 열정 사이 로소〉,
〈하드보일드 하드 럭〉, 〈실루엣〉 등이 있다. 나라 요시토모의 작품은 요시모토 바나나의 소설집 〈하드보일드 하드 럭〉을 통해
국내에 알려지기 시작하면서 이미 많은 팬들의 사랑을 받고 있다.

THE LITTLE STAR DWELLER
작은 별 통신

2005년 1월 20일 | 초판 1쇄 발행
2013년 5월 1일 | 초판 12쇄 발행

지은이 | 나라 요시토모
옮긴이 | 김난주
발행인 | 전재국

발행처 (주)시공사
출판등록 1989년 5월 10일(제3-248호)

주소 | 서울특별시 서초구 사임당로 82(우편번호 137-879)
전화 | 편집 (02) 2046-2843 · 영업 (02) 2046-2800
팩스 | 편집 (02) 585-1755 · 영업 (02) 588-0835
홈페이지 www.sigongsa.com

ISBN 978-89-527-4237-7 03830

파본이나 잘못된 책은 구입하신 서점에서 교환해 드립니다.

Doo Doo Brain
Fließband leben

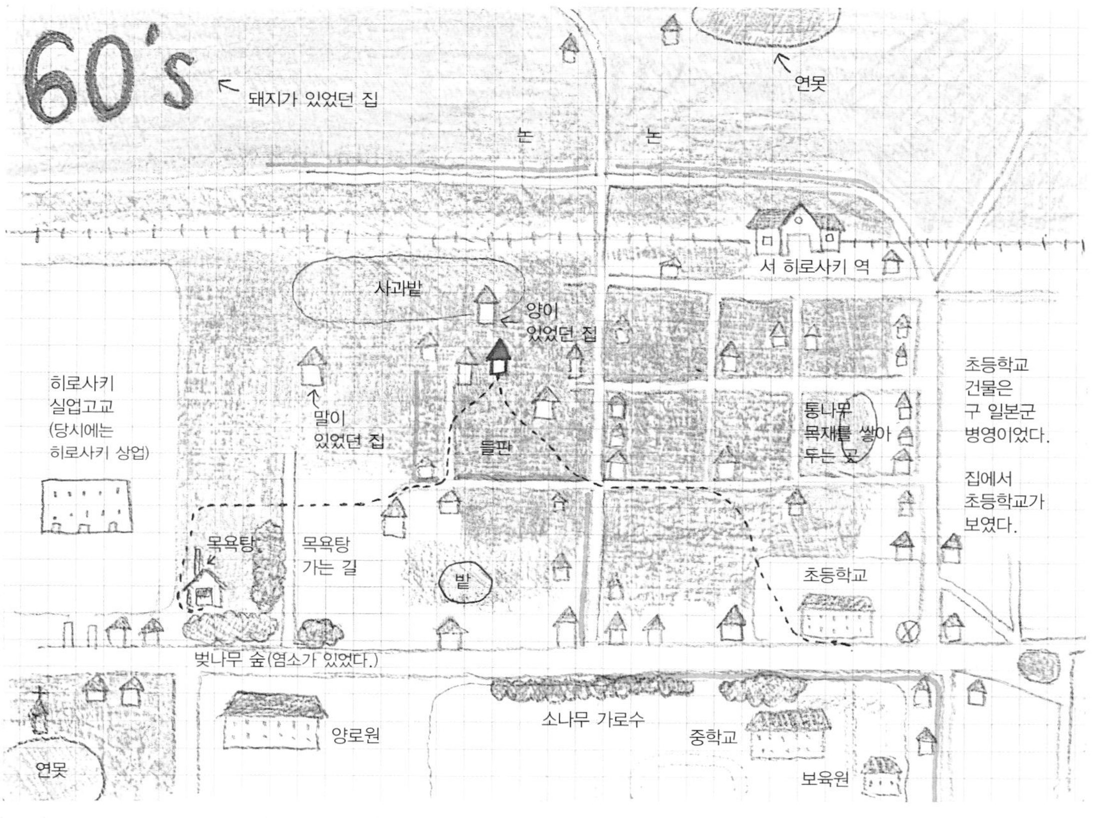

60년대, 보육원에 다닐 때부터 초등학교 4학년 때까지의 기억지도

당시 논밭과 들판이 있었던 곳은 70년대를 지나면서 모두 주택지로 변했다.

들판을 가로 질러 학교에 갈 수도 없어졌고, 길도 거의 대부분 포장도로가 되었다.

송사리가 헤엄치던 개울도 콘크리트로 뒤덮인 U자형 도랑으로 변하고 말았다.

연못(용수지)도 메워졌고, 목욕탕도 없어졌다.

조그만 목조 건물이었던 역도 새로 지어졌고, 그 옆에는 슈퍼마켓이 생겼다.

신호기가 늘어나고, 초등학교와 중학교 사이에는 육교가 놓였다.

옥상에 올라가면 멀리 흐르는 큰 강, 다리를 밝히는 불빛이 보였는데…….

물론 지금은 집들의 지붕밖에 보이지 않는다. 하지만 내 고향의 하늘은 지금도 드넓고,

멀리 보이는 산은 옛날과 변함없이 묵직하게 자리하고 있다.

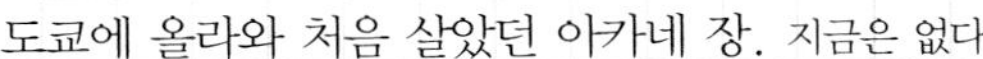

도쿄에 올라와 처음 살았던 아카네 장. 지금은 없다.

4.5조(약 2.3평)
침대
그림
덧문을
밀어
넣는 곳.
도쿄에
올라와
처음 봤다.
그릇장
냉장고
여기에서 그림을 그렸다.
벽장에 스테레오가 들어 있었다.

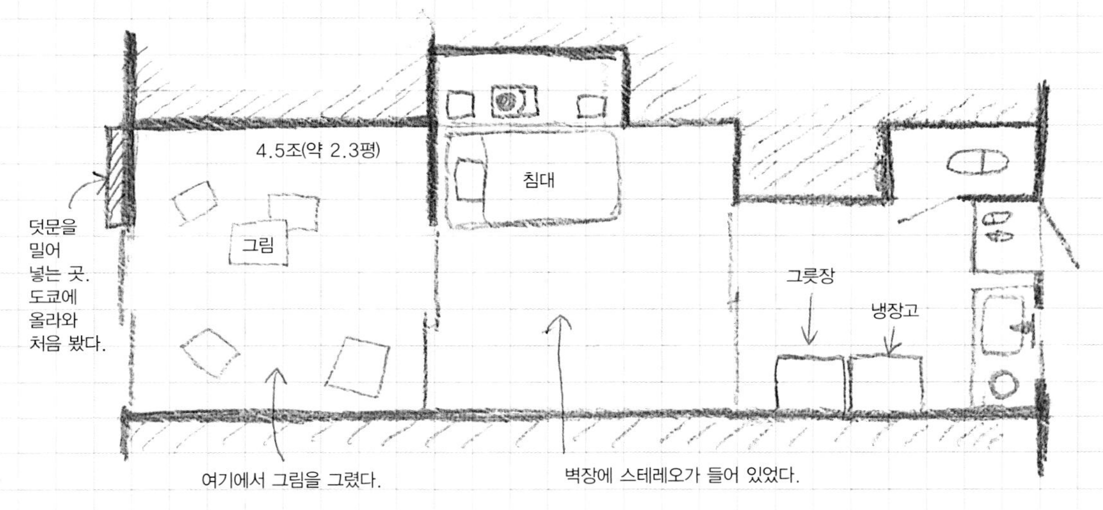

그 다음에 살았던 오카 하우스. 역시 지금은 없다.

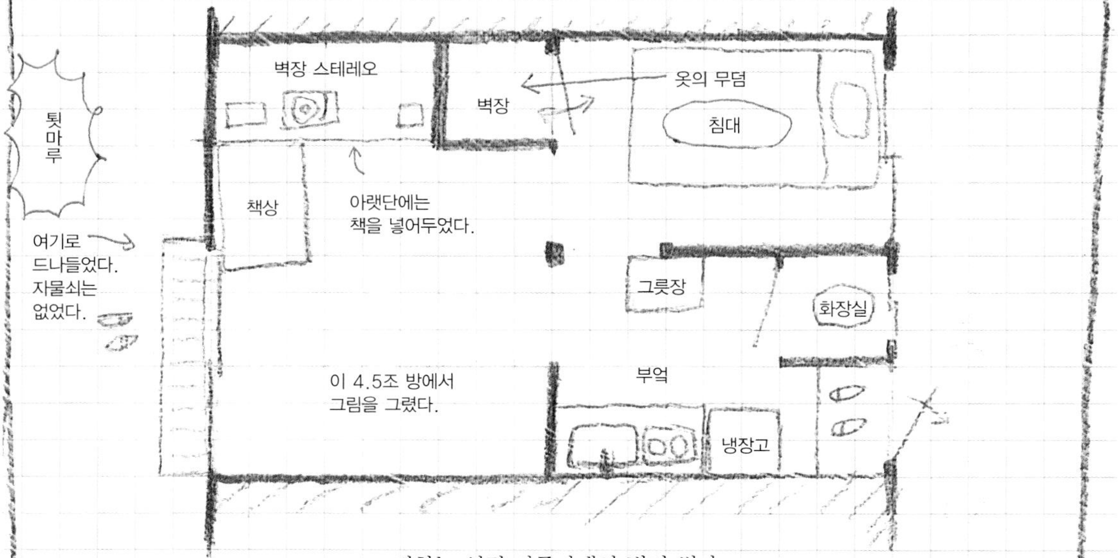

벽장 스테레오
벽장
옷의 무덤
침대
툇
마
루
책상
아랫단에는
책을 넣어두었다.
여기로
드나들었다.
자물쇠는
없었다.
그릇장
화장실
부엌
이 4.5조 방에서
그림을 그렸다.
냉장고

전화는 옆집 아줌마네서 빌려 썼다.

＊1조 = 일본의 다다미(짚으로 만든 판에 왕골이나 부들로 만든 돗자리를 붙인 방바닥에 까는 재료) 180cm×90cm=0.5평

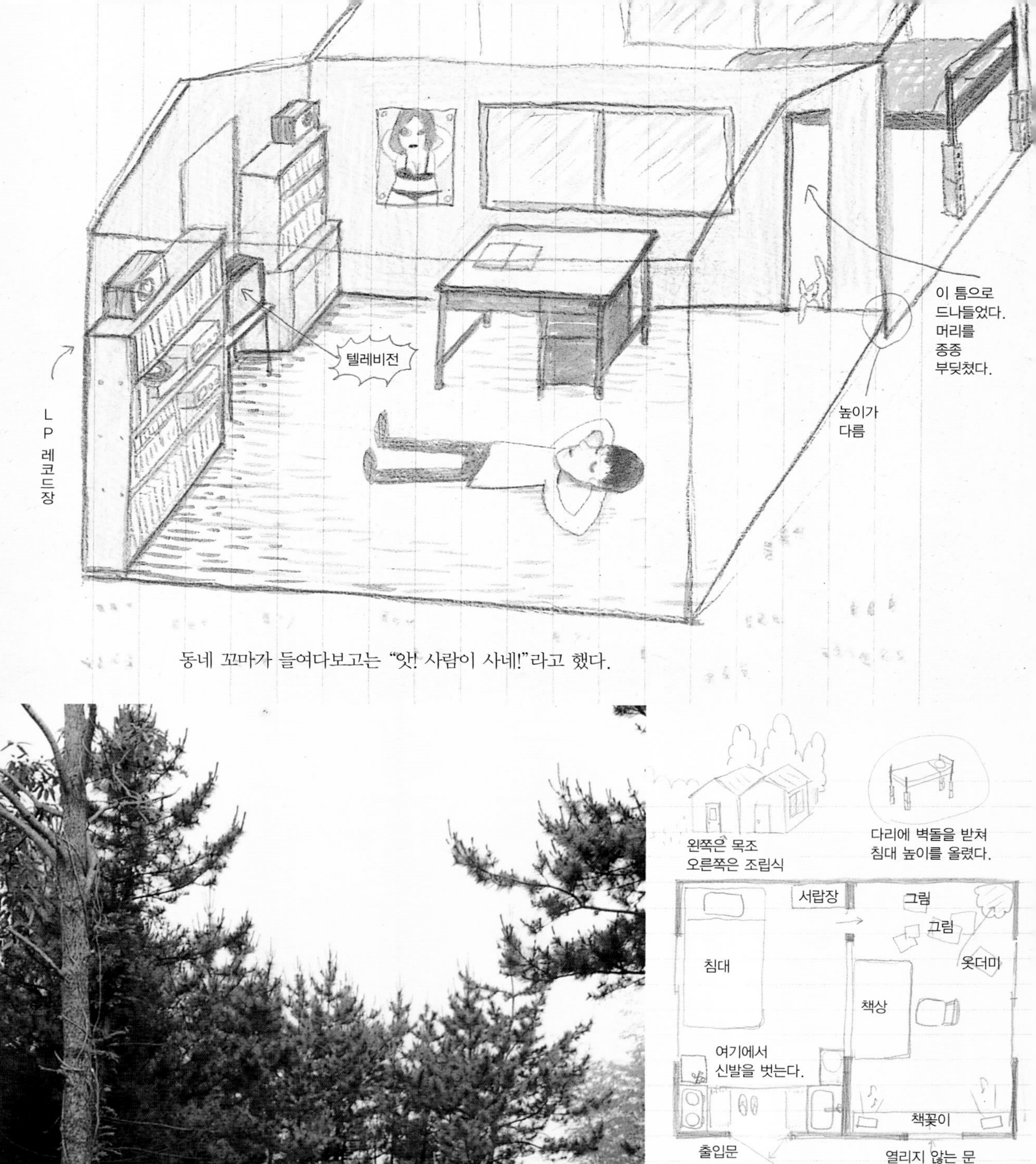

동네 꼬마가 들여다보고는 "앗! 사람이 사네!"라고 했다.

21살에서 25살까지 살았던 두 채가 연결된 집
집안에 창문이 있었다.
천장이 없어서 여름에는 지붕이 열을 받아 엄청 더웠다.

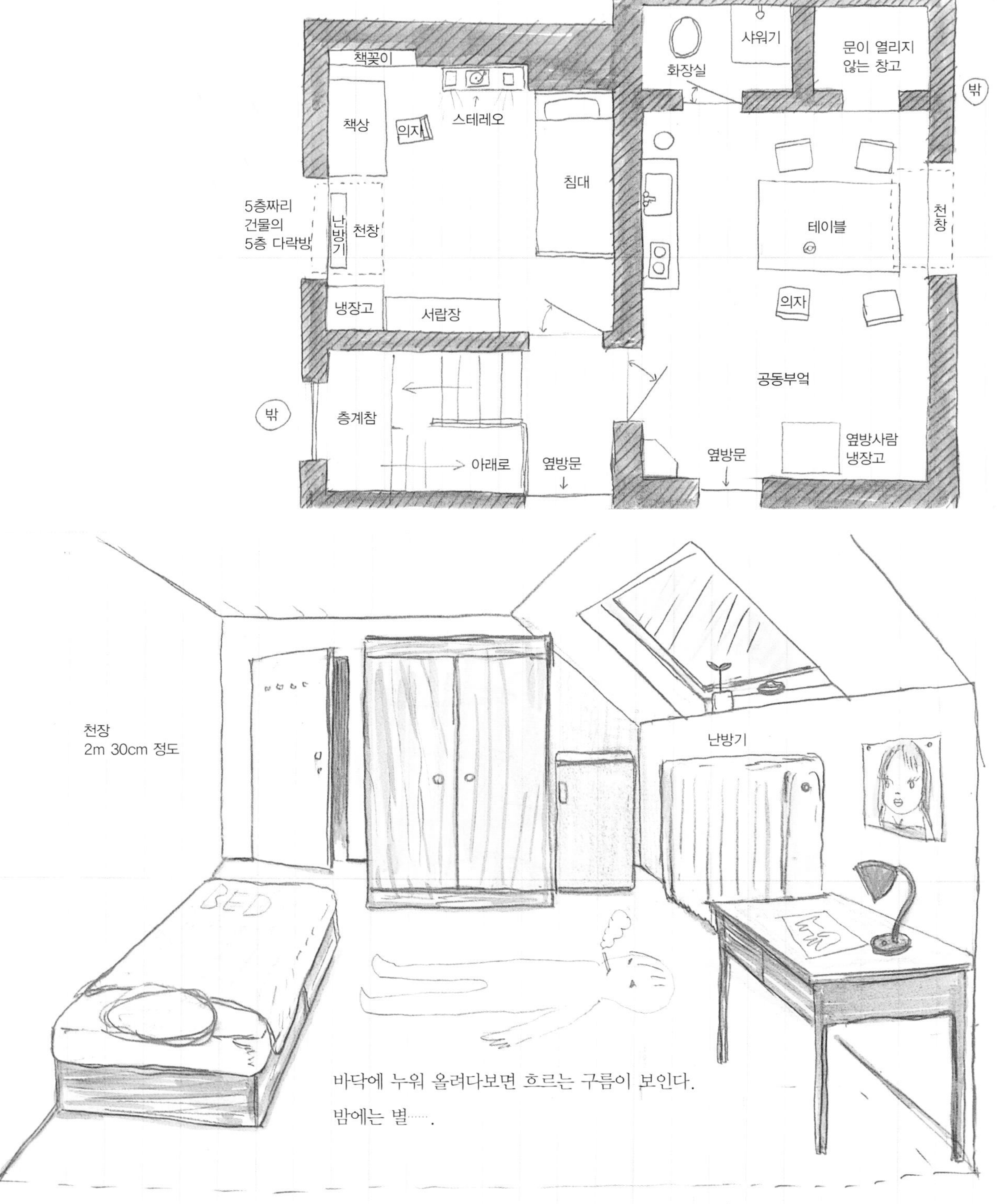
책꽂이
스테레오
책상
의자
침대
5층짜리
건물의
5층 다락방
난방기
천창
냉장고
서랍장
층계참
아래로
옆방문
박
샤워기
화장실
문이 열리지
않는 창고
박
테이블
천창
의자
공동부엌
옆방문
옆방사람
냉장고
천장
2m 30cm 정도
난방기
BED
바닥에 누워 올려다보면 흐르는 구름이 보인다.
밤에는 별…….

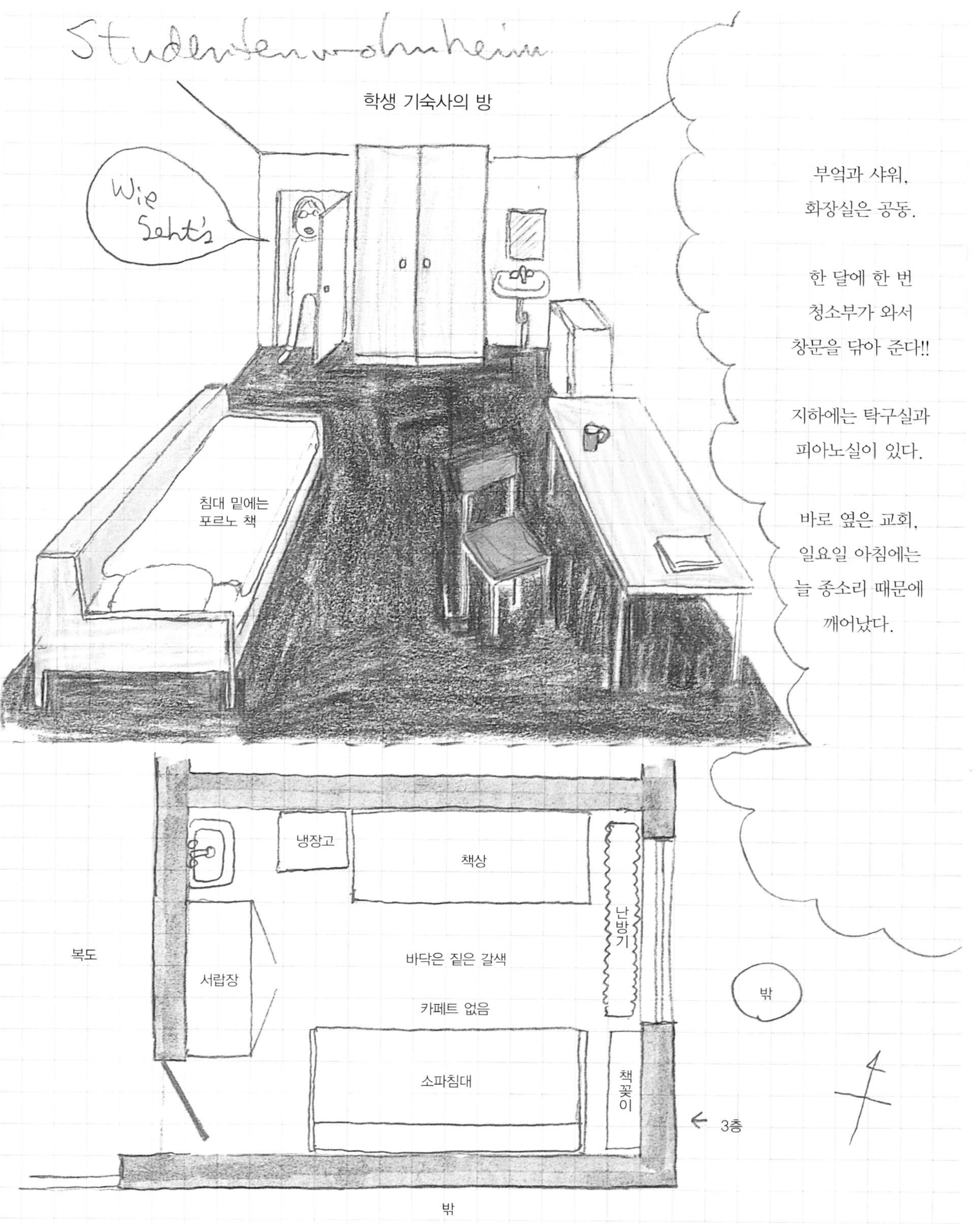
Studentenwohnheim
학생 기숙사의 방
Wie geht's
부엌과 샤워,
화장실은 공동.
한 달에 한 번
청소부가 와서
창문을 닦아 준다!!
지하에는 탁구실과
피아노실이 있다.
바로 옆은 교회,
일요일 아침에는
늘 종소리 때문에
깨어났다.
침대 밑에는
포르노 책
냉장고
책상
난방기
복도
서랍장
바닥은 짙은 갈색
카페트 없음
밖
소파침대
책꽂이
3층
밖

천장이 꽤 높았다. 4.5m

쾨른의 스튜디오 겸 살림방

방은 어디를 가나(일본에서나 독일에서나)

바닥이 보이지 않을 정도로 지저분하다.

그리지 않았지만, 실은 그릴 수 없다.

나라의 방
UCLA
직원 기숙사
벽장
그림
그림
그림
WC
욕조
매트리스
책상
책상
선반
복도
WC
무라카미 씨 방
벽장
매트리스
욕조
냉장고
텔레비전
마당
다람쥐도 있다.
테이블
FAX
그림
그림
골판지
CD를 들으면서 그림을 그렸다.
벽장 문은 거울, 밤에는 무서웠다.

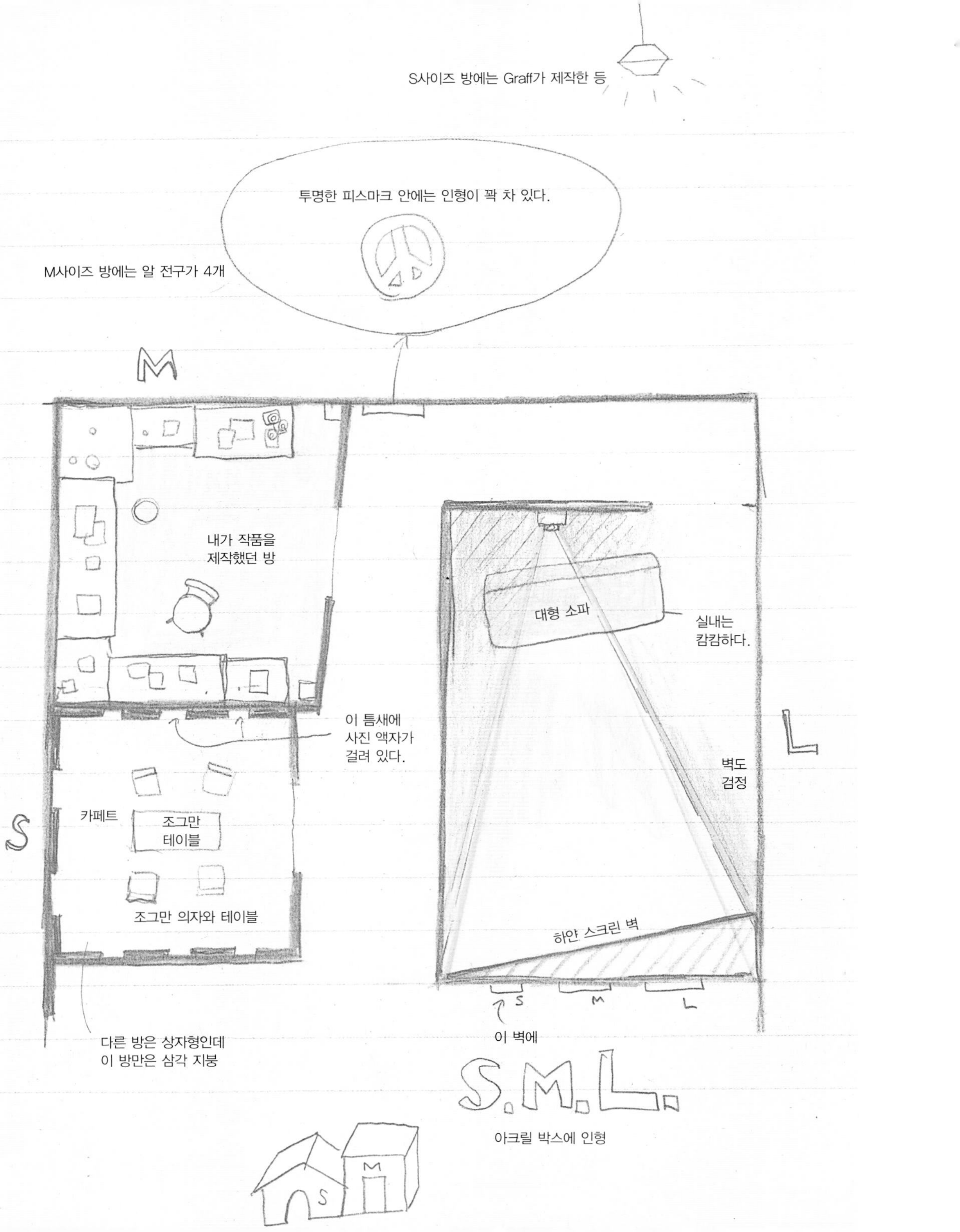

S사이즈 방에는 Graff가 제작한 등

투명한 피스마크 안에는 인형이 꽉 차 있다.

M사이즈 방에는 알 전구가 4개

M

내가 작품을 제작했던 방

대형 소파

실내는 캄캄하다.

이 틈새에 사진 액자가 걸려 있다.

L

벽도 검정

카페트

조그만 테이블

S

조그만 의자와 테이블

하얀 스크린 벽

S M L

이 벽에

다른 방은 상자형인데 이 방만은 삼각 지붕

S.M.L.

아크릴 박스에 인형

M

S